诗词数千首

唐宋明朝诗人咏四川

刘开扬 注释

四川人民出版社

图书在版编目（CIP）数据

诗词若干首：唐宋明朝诗人咏四川 / 刘开扬注释.
—成都：四川人民出版社，2023.10
ISBN 978-7-220-13456-2

Ⅰ.①诗… Ⅱ.①刘… Ⅲ.①古典诗歌－注释－中国－古代②词（文学）－注释－中国－古代 Ⅳ.①I222

中国国家版本馆CIP数据核字（2023）第171423号

SHICI RUOGAN SHOU
诗 词 若 干 首
刘开扬 注释

出 版 人	黄立新
项目统筹	封 龙
责任编辑	石 云 冯 珺
封面设计	周伟伟
内文设计	张迪茗
责任校对	舒晓利 申婷婷
责任印制	周 奇
出版发行	四川人民出版社（成都市锦江区三色路238号）
网　　址	http://www.scpph.com
E-mail	scrmcbs@sina.com
新浪微博	@四川人民出版社
微信公众号	四川人民出版社
发行部业务电话	（028）86361653　86361656
防盗版举报电话	（028）86361653
照　　排	四川胜翔数码印务设计有限公司
印　　刷	四川五洲彩印有限责任公司
成品尺寸	130mm×210mm
印　　张	7.5
字　　数	122千
版　　次	2023年10月第1版
印　　次	2023年10月第1次印刷
书　　号	ISBN 978-7-220-13456-2
定　　价	39.80元

■版权所有·侵权必究

本书若出现印装质量问题，请与我社发行部联系调换
电话：（028）86361656

出版说明

  1958年，成都会议期间，毛主席圈阅了唐宋明朝诗人歌咏四川的一些诗词。这对于我们今天学习和研究古典诗词，科学地继承遗产，打开古代的艺术宝库，取其精华，发展和繁荣社会主义文艺事业，开一代百花齐放的诗风，是非常之有价值的。为了便于广大读者的学习，我们请刘开扬同志作了注释。

1979年1月8日

再版说明

《诗词若干首：唐宋明朝诗人咏四川》由我社于1979年公开出版，发行36万册，流传甚广，反响良好。此次再版，内容方面除修改了原书中的个别文字差错外，其他均保持原貌。

习近平总书记在中国共产党第十九次全国代表大会上的报告中指出："深入挖掘中华优秀传统文化蕴含的思想观念、人文精神、道德规范，结合时代要求继承创新，让中华文化展现出永久魅力和时代风采。"希望本书的再版，能够激发广大读者探索中华传统文化宝库的热情，品味巴蜀诗韵，感受经典之美。

2018年4月

第三版说明

1958年,毛泽东同志在成都会议期间亲自圈选《诗词若干首:唐宋明朝诗人咏四川》,这些作品处处彰显着底蕴深厚的巴蜀文化,是具有代表性的中华诗词"四川篇章"。

千年前的巴蜀大地,古人以诗抒写天地人心;千年后的我们,则以读诗追溯历史与文化的记忆。诗跨越了时空,联结了古今。

2023年6月2日,习近平总书记在文化传承发展座谈会上指出:"文化关乎国本、国运。"中华优秀传统文化,则是中华民族的根和魂。古典诗词作为传统文化的重要组成部分,已融入中华民族的血脉。

新时代新征程,建设中华民族现代文明这一新的文化使命,任重而道远。希望这本书能使中华文明的智慧结晶和精华所在深入人心,让延续中华优秀传统文化的巴蜀脉络焕发持久而蓬勃的生命力。

2023年10月

目录

唐宋人写的有关四川的一些诗和词

蜀道难 /李白 …………………… 003

峨眉山月歌 /李白 …………………… 010

峨眉山月歌送蜀僧晏入中京 /李白 ……… 012

上三峡 /李白 …………………… 015

早发白帝城 /李白 …………………… 017

送友人入蜀 /李白 …………………… 019

剑　门 /杜甫 …………………… 022

蜀　相 /杜甫 …………………… 028

水槛遣心二首（选一首） /杜甫 ………… 031

赠花卿 /杜甫 …………………… 034

野　望 /杜甫 …………………… 036

狂　夫 /杜甫 …………………… 039

客　至 /杜甫 …………………… 042

登　楼 /杜甫 …………………… 044

绝句四首（选一首） /杜甫 …………… 047

咏怀古迹五首 /杜甫 …… 049

秋兴八首 /杜甫 …… 058

登　高 /杜甫 …… 073

白帝城最高楼 /杜甫 …… 076

观公孙大娘弟子舞剑器行　并序 /杜甫 … 079

送李少府贬峡中王少府贬长沙 /高适 …… 087

奉和杜相公发益昌 /岑参 …… 090

幸蜀西至剑门 /唐玄宗 …… 094

杜少府之任蜀州 /王勃 …… 098

成都曲 /张籍 …… 101

松滋渡望峡中 /刘禹锡 …… 104

酬乐天扬州初逢席上见赠 /刘禹锡 …… 108

竹枝词二首 /白居易 …… 111

马　嵬（其二） /李商隐 …… 114

杜工部蜀中离席 /李商隐 …… 118

武侯庙古柏 /李商隐 …… 121

筹笔驿 /李商隐 …… 125

筹笔驿 /罗隐 …… 128

魏城逢故人 /罗隐 …… 131

巫山高 /李贺 …… 133

锦城曲 /温庭筠 …… 136

菩萨蛮五首 /韦庄 ············ 139

荷叶杯二首 /韦庄 ············ 144

洞仙歌 并序 /苏轼 ············ 147

剑门道中遇微雨 /陆游 ············ 151

成都书事 /陆游 ············ 154

归次汉中境上 /陆游 ············ 157

楼上醉书 /陆游 ············ 160

秋晚登城北门 /陆游 ············ 163

渔家傲 寄仲高 /陆游 ············ 165

诉衷情 /陆游 ············ 167

谢池春 /陆游 ············ 169

明朝人写的有关四川的一些诗

长江万里图 /杨基 ············ 175

读贾谊王粲传 /李延兴 ············ 178

宿金沙江 /杨慎 ············ 181

三岔驿 /杨慎 ············ 184

锦津舟中对酒别刘善充 /杨慎 ············ 186

送余学官归罗江 /杨慎 ············ 189

春兴二首 /杨慎 ············ 192

武侯庙 /杨慎 ············ 197

寄　外 /黄峨 ·················· 200

从军行寄赠杨用修 /皇甫汸 ·········· 204

送皇甫别驾往开州 /李攀龙 ·········· 208

送谢武选少安犒师固原因还蜀会兄葬 /谢榛
·························· 211

巴女词 /谢遴 ················· 214

朝天峡 /费密 ················· 217

汉昭烈 /吴骐 ················· 219

邺　中 /陈恭尹 ················ 223

蜀　中 /陈恭尹 ················ 226

题明妃出塞图 /黄幼藻 ············ 229

「唐宋人写的有关四川的一些诗和词」

诗词若干首
（唐宋人写的有关の州的一些诗和词）

毛主席手书
1958年4月20日

蜀道难

李 白

噫吁嚱，危乎高哉！蜀道之难难于上青天！

蚕丛及鱼凫，开国何茫然！

尔来四万八千岁，不与秦塞通人烟。

西当太白有鸟道，可以横绝峨眉巅。

地崩山摧壮士死，然后天梯石栈相钩连。

上有六龙回日之高标，下有冲波逆折之回川。

黄鹤之飞尚不得过，猿猱欲度愁攀援。

青泥何盘盘，百步九折萦岩峦。

扪参历井仰胁息，以手抚膺坐长叹。

问君西游何时还？畏途巉岩不可攀。

但见悲鸟号古木，雄飞雌从绕林间。

又闻子规啼夜月，愁空山。

蜀道之难，难于上青天，使人听此凋朱颜。

连峰去天不盈尺，枯松倒挂倚绝壁。

飞湍瀑流争喧豗，砯崖转石万壑雷。

其险也如此，嗟尔远道之人胡为乎来哉？

剑阁峥嵘而崔嵬，一夫当关，万夫莫开。

所守或匪亲，化为狼与豺。

朝避猛虎，夕避长蛇；

磨牙吮血，杀人如麻。

锦城虽云乐，不如早还家。

蜀道之难，难于上青天，侧身西望长咨嗟。

作者简介

李白，字太白，我国唐代伟大的浪漫主义诗人，号青莲居士。自称祖籍陇西成纪（今甘肃静宁西南），隋末其先人流寓碎叶（唐时属安西都护府，在今吉尔吉斯斯坦北部托克马克附近）。生于唐武后长安元年（701年），幼年随父亲迁到四川彰明县清廉乡（今名青莲镇，属江油市），在县西的大小匡山读过书（大匡山又叫戴天山）。后来到了成都。开元十三年（725年），东游襄汉（今湖北）、金陵（今南京）、扬州等地。又北游太原、东鲁（今山东），南到会稽（今浙江绍兴）。天宝元、二年（742、743年）间到长安，以所作《蜀道难》等诗呈老诗人贺知章（时为秘书监），贺读后很是赞赏，称他为"谪仙"。玄宗召见命他作乐章，很重他的诗才。因为得罪了宦官高力士和杨贵妃，二人进谗言于玄宗，赐金放还。他便再游东鲁、广陵（即扬州）、宣城。至德元年（756年），永王璘都督江陵，辟为僚佐，璘起兵失败，李白长流夜郎（今贵州桐梓东），至巫山遇赦得还。唐代宗宝应元年（762年）病故于当涂。唐文宗以李白诗歌、裴旻舞剑、张旭草书为"三绝"。今存诗歌1044首（有些诗系他人诗误入），其中有不少关于四川的诗。

题　解

蜀道难，乐府相和歌辞瑟调曲名，写蜀道铜梁、玉垒之险，说蜀地不可久留，梁简文帝、刘孝威都曾作过。李白这首《蜀道难》也是拟作，描写由长安到四川道路的难行，劝人不要久居四川，也有反对藩镇割据的意思。作于天宝元、二年间。

注　释

〔噫吁嚱〕噫音衣，嚱音希，蜀人见物惊异即说"噫吁嚱"，李白用这方言。

〔蚕丛及鱼凫〕蜀王之先名蚕丛、柏濩、鱼凫、蒲泽、开明。这里用蚕丛、鱼凫称蜀国最古的君王。

〔茫然〕其时不晓文字，渺茫难知其详。

〔尔来四万八千岁〕尔来，此来。从这时到如今。据《蜀王本纪》：从开明上至蚕丛，积三万四千岁。这里说的四万八千岁，通计蚕丛到唐朝，极言年代久远。

〔秦塞〕秦四塞之国，秦地在今陕西省。

〔西当太白有鸟道〕太白山在陕西郿县（今改名眉县）东南五十里。当唐朝都城长安（今西安市）之西。鸟道，说高山相连，略低缺处只有飞鸟经过，人迹不能到。

〔峨眉〕西南名山，在今四川省峨眉山市。

〔地崩山摧壮士死二句〕传说秦惠王嫁五个美女给蜀王，蜀王派遣五个力士去迎亲，回到梓潼时，见一条大蛇入洞，一人拉住蛇尾，五人相助，大呼外拽。山崩，五个力士和五女都被压死，山分为五岭，然后才修起梯栈，互相勾连。天梯，指高峻的石磴；石栈，山崖间架木为阁道。

〔六龙回日之高标〕传说日乘车，六龙驾着，羲和为御（驾车人）。高标，峰巅。这句说日车来到山巅也只好折回，形容山高。

〔冲波逆折之回川〕河流旋转，水势很急。

〔黄鹤〕也叫黄鹄，大鸟，一举千里，传说为仙人所乘。

〔猿猱欲度愁攀援〕猱，也名狨，猿类。体矮小，被黄色丝状软毛，尾长，俗称金线狨。度，越过。攀援，牵引上升。

〔青泥何盘盘二句〕青泥岭，在今陕西略阳县西北。为入蜀要道。盘盘，曲折。百步九折，形容道路迂回难行。萦，旋绕。峦，山峦。

〔扪参历井仰胁息〕参，音森。参、井，二星宿名。

参是蜀的分野，井是秦的分野。这句形容山高，在上面可以摸着参宿，挨着井宿。胁息，屏住气息。

〔以手抚膺坐长叹〕抚膺，抚胸。叹，叹息，音滩。

〔西游〕蜀在秦的西南，所以叫西游。

〔畏途巉岩〕畏途，可畏惧的险阻的道途。巉岩，高峻的山岩。

〔但见悲鸟号古木〕但见，只见，说别无所有。悲鸟，当指鸿雁之类。用古木衬出人迹稀少。

〔子规啼夜月〕传说蜀王杜宇称帝，号为望帝，更名蒲卑。其相开明，治水有功，便委以政事，后杜宇禅位隐于西山，化为杜鹃鸟，也叫子规，到春二月啼鸣，臣民思念他，闻声常常感到悲恻。按子规鸟春夏昼夜啼鸣，声似"不如归去"，很哀切。

〔连峰去天不盈尺〕连绵的山峰距天不满一尺，极言其高，与上面的"扪参历井"意同。上面写行人，这里写山岩。

〔飞湍瀑流争喧豗〕湍，急流。瀑，悬流，瀑布。湍音团，瀑音仆。喧豗，哄闹声。豗音灰。

〔砯崖转石万壑雷〕砯，水击岩石声，音烹。壑，坑谷，音活。万壑雷，形容声音很大。

〔胡为〕何为，为什么。

〔剑阁峥嵘而崔嵬〕在今四川剑阁县北，大小剑山之间，栈道三十里，凿石架空为飞阁以通行，名为剑阁。据《华阳国志》说始于诸葛亮相蜀时。峥嵘，山高峻的样子。崔嵬，山石高而不平。嵬音煨。

〔一夫当关四句〕晋朝张载的《剑阁铭》说："一人荷戟，万夫趑趄，形胜之地，匪亲勿居。"李白用其语而加以变化。匪亲，不是亲近的人，不是拥护朝廷的人。狼与豺，指割据谋叛的人。

〔朝避猛虎四句〕魏晋乐府常用"猛虎"等形容道路难行和政治昏暗，李白写这四句也在于说蜀道难行，对藩镇跋扈表现很大的忧心。

〔锦城虽云乐〕故锦官城在蜀郡夷里桥南岸道西，因泛称成都为"锦城"。这是蜀中的首善之区。云，说。

〔侧身西望长咨嗟〕侧，不正，有反侧，忧不自安的意思。咨嗟，忧叹声。

峨眉山月歌

李 白

峨眉山月半轮秋,影入平羌江水流。
夜发清溪向三峡,思君不见下渝州。

|| 题　解 |

这首绝句所以称歌，是因为绝句也从乐府民歌中来。这首诗大约作于开元十二年（724年），第二年李白就出夔门到江陵去了。这首诗是借峨眉山月写离别怀人。

|| 注　释 |

〔平羌江〕即青衣江，自宝兴经芦山、雅安、洪雅、夹江，到乐山与大渡河合流入岷江。本诗所指当在乐山西北、峨眉东一段。

〔夜发清溪向三峡〕清溪，应在平羌江边，过去说是犍为清溪驿，或说在纳溪西，都不可靠。三峡，指明月峡、巫山峡、广溪峡（即瞿塘峡）。一说为瞿塘峡、巫峡、西陵峡。

〔渝州〕今重庆市，为唐朝渝州治所。

峨眉山月歌送蜀僧晏入中京

李 白

我在巴东三峡时,西看明月忆峨眉。
月出峨眉照沧海,与人万里长相随。
黄鹤楼前月华白,此中忽见峨眉客。
峨眉山月还送君,风吹西到长安陌。
长安大道横九天,峨眉山月照秦川。
黄金狮子乘高座,白玉麈尾谈重玄。
我似浮云滞吴越,君逢圣主游丹阙。
一振高名满帝都,归时还弄峨眉月。

题　解

蜀僧名晏。中京指长安，唐肃宗至德二载（757年）十二月改西京长安为中京。这诗大约是李白因永王璘事流放夜郎遇赦归至江夏时作，即乾元二年（759年），时李白为59岁。这是一首送别诗歌，表现出诗人遭流放后的失意心情。

注　释

〔巴东〕唐高祖武德二年（619年）分夔州秭归、巴东二县置归州，后为巴东郡。

〔三峡〕见前首注。

〔西看明月忆峨眉〕三峡在川东，对峨眉山月说"西看"。看音刊，读平声。

〔沧海〕沧通苍，海青色，所以叫沧海。

〔黄鹤楼前月华白〕黄鹤楼在湖北武昌西，传说费祎登仙，常乘黄鹤在这里憩息。月华，月光。

〔长安陌〕长安的市街。陌音墨。

〔长安大道横九天〕唐代长安城内有东西街14条，南北街11条，朱雀门大街纵贯南北，约有140米宽。李白《上皇西巡南京歌十首》之二："九天开出一成都，万户千门入画图。"九天，本谓九方之天，这里指京城或宫禁。

〔秦川〕从大散关（周朝散国之关隘，在今宝鸡市南）以北到岐雍（今陕西境内），夹渭水南北岸，沃野千里，叫作秦川。

〔黄金狮子乘高座〕据《法苑珠林》："龟兹王造金狮子座，以大秦锦褥铺之，令鸠摩罗什升座说法。"因狮子兽中无畏，能伏一切，佛于外道一切也能降伏，故称人中狮子。凡佛所坐不论床地都叫狮子座。乘，升。

〔白玉麈尾谈重玄〕麈，音主，即驼鹿，又叫四不像。麈尾作拂尘之用。白玉用作柄。重玄，即《道德经》的"玄之又玄，众妙之门"，佛家常借用道家之说来张大自己的教义。

〔我似浮云滞吴越〕浮云飘忽不定，李白流放前长期在吴越（今江苏、浙江），这时在江夏也这样说。

〔君逢圣主游丹阙〕"君"称僧晏。"圣主"这里指唐肃宗。皇帝的阶上地用丹漆，称为丹墀；宫阙也称丹阙。

〔帝都〕指长安。

〔还弄峨眉月〕还对峨眉山月游赏。

上三峡

李 白

巫山夹青天,巴水流若兹。
巴水忽可尽,青天无到时。
三朝上黄牛,三暮行太迟。
三朝又三暮,不觉鬓成丝。

题 解

李白于乾元元年（758年）被流放，乾元二年（759年）二月到巫山，遇赦得释，这首诗是二月前所作，表现诗人的忧郁感情。由湖北入三峡是上水，古代用木船，行驶艰难。

注 释

〔**巫山夹青天**〕巫山山高，有十二峰，又三峡七百里中，两岸连山，所以说"夹青天"。

〔**巴水流若兹**〕巴水，这里说的是三巴（巴郡、巴东、巴西）之水流经三峡。一说因为水流曲折如巴字，所以叫巴水。若兹，如此，说水流也险急。

〔**三朝上黄牛二句**〕黄牛，山名，在湖北宜昌西北八十里，也称黄牛峡。江水流经黄牛山下，有滩名黄牛滩，南岸山岭重叠，最外高崖间，有石色如人负刀牵牛，人黑牛黄，成就分明。此崖既高，加以江湍迂回，行船虽两宿后仍见，所以古代行旅的人歌道："朝发黄牛，暮宿黄牛，三朝三暮，黄牛如故。"

〔**鬓成丝**〕耳边的发叫鬓。丝，白色。说道路难行，使人忧心鬓发变白。鬓，音摈。

早发白帝城

李　白

朝辞白帝彩云间,千里江陵一日还。
两岸猿声啼不住,轻舟已过万重山。

题 解

这首诗一作《白帝下江陵》。按：李白由白帝城到江陵，是在开元十三年（725年）。乾元二年（759年）只到巫山，从这诗的谨守格律，又没有提到遇赦事，也应是初出夔门时作。黄锡珪《李太白编年诗集目录》定于乾元二年三月，似乎不当。这首诗表现了诗人在三峡行舟的轻快之感。

注 释

〔朝辞白帝彩云间〕白帝城，西汉末公孙述所筑。当初他到这里，说有白龙出井中，自以承汉土运，故号白帝城。白帝城在白帝山上，地势很高，所以说是"彩云间"。也有人说"彩云"指巫山之云，巫山和奉节县二地相近。

〔千里江陵一日还〕从夔州白帝城到江陵一千二百里，峡水流急，有时朝发暮至。

〔两岸猿声啼不住〕《水经注》：三峡峡长七百里（近代实测一百八十九公里）中，两岸连山，高猿长啸，空谷传响，渔人歌道："巴东三峡巫峡长，猿鸣三声泪沾裳。"啼不住，表现峡长，故下面说"已过万重山"。

送友人入蜀

李 白

见说蚕丛路,崎岖不易行。
山从人面起,云傍马头生。
芳树笼秦栈,春流绕蜀城。
升沉应已定,不必问君平。

题 解

这首诗和《蜀道难》内容相近，写作时间或者都在天宝元、二年间。又李白有《剑阁赋》，原注："送友人王炎入蜀。"不知这诗所送的友人是否王炎其人。这友人入蜀当是谋取功名。

注 释

〔见说蚕丛路〕"蚕丛"见前《蜀道难》诗注。见说，闻说。

〔山从人面起二句〕极说蜀道艰难。山从人面陡起，见山之多；云傍马头而生，见山之高。万一失足，非常危险。

〔芳树笼秦栈〕芳树，春树。秦栈，自秦入蜀的栈道。这句点明作诗的地方是在长安。一说秦时所筑栈道。

〔春流绕蜀城〕春流指锦江。蜀城指成都。祝友人出险入夷，到达目的地。

〔升沉应已定二句〕升沉，穷达，指功名进退。应已定，说人的遇合本有定数。应，当。读平声（鹰）。西汉严遵字君平，蜀隐士，常卖卜于成都市，日得百钱为生，卜完，闭肆下帘著书。不必问君平，是反其意而用之，表现诗人的旷放。

剑 门

杜 甫

惟天有设险,剑门天下壮。
连山抱西南,石角皆北向。
两崖崇墉倚,刻画城郭状。
一夫怒临关,百万未可傍。
(川岳储精英,天府兴宝藏。)
珠玉走中原,岷峨气凄怆。
三皇五帝前,鸡犬各相放。
后王尚柔远,职贡道已丧。
至今英雄人,高视见霸王。
并吞与割据,极力不相让。
吾将罪真宰,意欲铲叠嶂。
恐此复偶然,临风默惆怅。

作者简介

杜甫,字子美,我国唐代伟大的现实主义诗人。唐玄宗先天元年(712年),生于洛州巩县(今河南巩义)。祖父杜审言,是著名的诗人,长于律诗,杜甫受到他的影响。开元十九年(731年),杜甫20岁时远游吴越(今江苏南部和浙江),又到过蒲州猗氏县(郇瑕,在今山西临猗南),去观赏祖国的大好河山,访问著名的古迹。开元二十三年(735年)到长安应试未中第。开元二十五年(737年)又北游齐赵(今山东、河北)。开元二十九年(741年)回到洛阳,在偃师西北首阳山下筑陆浑庄土室。天宝三载(744年),李白从长安到洛阳,和杜甫会了面,从此两人成为好友,在诗歌创作上互相学习和帮助。他们夫到单父(今山东单县南)以北的汶水上,和另一个著名的诗人高适相遇。三大诗人同游单父的古迹琴台,又到大梁城(今河南开封)的吹台上去,之后还同游齐郡(今山东济南)的大明湖、鹊山湖。杜甫不久再到长安。天宝六载(747年)应试仍未中第。直到天宝十载(751年),向玄宗献《三大礼赋》。天宝十四载(755年),任为右卫率府兵曹参军。安禄山反叛,攻陷长安后,至德元载(756年)杜甫把家人送到鄜州（今陕西富县），他自己准备到肃宗即位的灵武（今宁夏回族自治区灵武）去，但是被敌军俘虏，并送回长安。次年夏天，他逃到肃宗进驻的凤翔（今陕西凤翔），任为左拾遗。因为宰相房琯被罢职，杜甫上疏营救，乾元元年（758年）六月，杜甫也被贬黜，到华州任司功参军。第二年秋天，杜甫弃官到秦州，年底到成都，寓居西郊浣花溪草堂。此后与诗人高适（先后任彭、蜀二州刺史，西川节度使）时有往来和作诗唱酬。宝应元年（762年），杜甫到梓州、阆州、汉州（今四川三台、阆中、广汉）。广德二年（764年），剑南节度使严武奏为节度参谋、检校工部员外郎，永泰元年（765年）辞去。不久严武病死，杜甫去到云安（今重庆云阳），大历元年（766年）到了夔州（今重庆奉节）。大历三年（768年）春到荆州（今湖北江陵），以后再到公安（今湖北公安）、岳州（今湖南岳阳）、潭州（今湖南长沙）、衡州（今湖南衡阳），因乱事而辗转于衡、潭二州和耒阳（今湖南耒阳）等地。最后于大历五年（770年）冬天病死于洞庭湖东岸的北归船中，年59岁。他的诗歌今存1400多首，超过前于他的我国所有的诗人。他的诗能兼备众体，深刻反映现实，政治性很强，艺术价值也很高。他可以和李白并驾齐驱，自来合称为"李杜"。

题　解

剑门，又叫剑门山，在四川剑阁县北，即大剑山。峭壁中断，两崖相对如门。晋朝张载《剑阁铭》说："惟蜀之门，作固作镇（说险可为固，大可为镇），是曰剑阁，壁立千仞。"杜甫这首《剑门》是五言古诗，比《剑阁铭》雄肆，寓意也较深厚。作于乾元二年（759年）十二月，由秦州到成都途中经过剑门的时候。

注　释

〔惟天有设险二句〕《易·坎》说天之为险高远，不可升上；地险为山川丘陵，王公也设险守国。北魏邢峦说"剑阁天险，古来所称"。杜甫兼用二说，以天设剑阁之险，来夸张地表现其地的壮观。

〔连山抱西南二句〕实写剑门形胜。王洙说是"剑门山石，北向如拜伏状"，王嗣奭说是"亦见地形内属，彼并吞割据者，皆违天矣"。本来是不错的。浦起龙却说二句是"曲为彼护"，"显与我敌"，为篇末"欲铲叠嶂"之根，不恰当。

〔崇墉倚〕墉，城垣。高墙也叫墉。倚，依靠。形容山崖壁立。

〔刻画城郭状〕刻画，自然如雕刻。城郭状，山势长亘像城郭。

〔一夫怒临关二句〕张载《剑阁铭》说："一人荷戟，万夫趑趄。"李白《蜀道难》说："一夫当关，万夫莫开。"杜甫这里增加一个"怒"字，改"万夫"为"百万"，更显得有力。傍，接近，音谤，读去声。

〔川岳储精英二句〕仇兆鳌《杜诗详注》说是见旧人手卷有此二句，浦起龙《读杜心解》也说"杜诗多四名转意，此段独缺两句，且得此一提，文气愈畅，仇氏非伪撰也，脱简无疑"。川岳，河山。精英，精华。天府，形胜富庶的区域，这里指四川。兴，盛。宝藏，宝贵的储藏。

〔珠玉走中原〕走，运至。中原，指朝廷所在的地方。这句即下面说的"职贡"。

〔岷峨气凄怆〕岷峨，岷山和峨眉山。气凄怆，山色悲愁。怆，读去声，音创。

〔三皇五帝前二句〕三皇：伏羲、神农、燧人。五帝：黄帝、颛顼、帝喾、帝尧、神舜。鸡犬相放，不分彼此。那时是原始社会。

〔后王尚柔远〕后王，指夏、商、周的君王。柔远，安定远方。

〔职贡道已丧〕职贡，设置职位和贡献，承上征珠玉说。道，指上古淳朴之道。丧，失去。

〔英雄人〕指下面说的"并吞与割据"的人物。

〔见霸王〕并吞者王，割据者霸。王音旺，读去声。

〔吾将罪真宰〕吾，我。罪，罪责。真宰，指上天。

〔铲叠嶂〕铲去剑门重山，这是泛指，与上"连山抱西南，石角皆北向"专写形胜不同。

〔恐此复偶然〕恐又偶然而有这样凭险割据的事，言下应该宽其职贡，停止征敛。

〔临风默惆怅〕登山对风而暗中忧虑。

蜀　相

杜　甫

丞相祠堂何处寻，锦官城外柏森森。
映阶碧草自春色，隔叶黄鹂空好音。
三顾频烦天下计，两朝开济老臣心。
出师未捷身先死，长使英雄泪满襟。

题 解

蜀汉丞相诸葛亮,是我国古代的大政治家、大军事家,是著名的历史人物。四川和云南、贵州三省人民尤其怀念他。杜甫于上元元年(760年)春天在成都访问武侯祠(诸葛亮封武乡侯)时作这诗,表达他对诸葛亮的怀念。

注 释

〔锦官城外柏森森〕参前李白《蜀道难》诗"锦城"注。锦官城在今成都城南,武侯祠在今城西南约二里。森森,树木茂盛的样子。

〔黄鹂〕黄莺。

〔三顾频烦天下计〕诸葛亮隐于隆中山(今湖北襄阳西),刘备曾经三次相访,故称"三顾"。频烦,连续。"天下计"是说诸葛亮为刘备筹划天下大计。

〔两朝开济老臣心〕两朝开济,先主刘备开基,后主刘禅济美。老臣指诸葛亮。

〔出师未捷身先死〕诸葛亮曾屡次出师伐魏,在蜀后主建兴十二年(234年)秋病死于五丈原(今陕西岐山境内),未获最后全胜。师,军队。捷,胜利。

〔**长使英雄泪满襟**〕英雄,这里指后世的爱国志士。长使,永久使得。泪满襟,泪满衣襟,形容悲泪涌流。

水槛遣心二首（选一首）

杜 甫

去郭轩楹敞，无村眺望赊。

澄江平少岸，幽树晚多花。

细雨鱼儿出，微风燕子斜。

城中十万户，此地两三家。

题 解

轩窗下长木为栏，用板为槛。水槛，水亭的栏槛。在工部祠的西南。遣心一作遣兴，是遣怀的意思。这首五律通篇的句子两两相对偶，但写得并不板滞，用语很自然。这诗作于上元二年（761年）。

注 释

〔去郭轩楹敞〕轩楹，窗柱。这句说离开城郭很远，水槛窗柱很开敞。

〔眺望赊〕展望旷远。赊，音奢，读如沙。

〔幽树晚多花〕幽僻之地树花迟开而多。

〔细雨鱼儿出二句〕大雨则鱼伏而不出，细雨则出；燕体轻弱，受微风而尾斜。这两句写得很精细，是有名的诗句。

〔城中十万户二句〕据《新唐书·地理志》：成都府共十县，凡十六万九百五十户。这里的"城中十万户"专指成都城中说的，但略有夸张。"此地两三家"指水槛所见，应上"无村"说的。杜甫的邻居，据他的诗中所写有南邻朱山人、斛斯融，北邻县令王某以及黄四娘等。《江村》说："清江一曲抱村流。"《为农》说："锦里烟尘外,江村八九家。"又有《到村》《村雨》等诗,那是指草堂一带较广的范围说的。

赠花卿

杜 甫

锦城丝管日纷纷,半入江风半入云。
此曲只应天上有,人间能得几回闻?

|| 题 解 |

平辈相呼称卿。花卿即西川牙将花敬定,平定梓州刺史段子璋叛乱后,恃功骄暴。杜甫另有《戏作花卿歌》,赞颂中有规讽的意思。这诗也是写他喜爱声乐的豪奢生活。也作于上元二年(761年)。

|| 注 释 |

〔**丝管**〕也称丝竹或管弦,指乐器。

〔**此曲只应天上有**〕此曲,总上所写说。天上,指朝廷。应,读平声。

〔**人间**〕人世间,指朝廷之外。

野 望

杜 甫

西山白雪三城戍,南浦清江万里桥。
海内风尘诸弟隔,天涯涕泪一身遥。
惟将迟暮供多病,未有涓埃答圣朝。
跨马出郊时极目,不堪人事日萧条。

|| 题 解 |

野望就是眺望旷野的意思。作于宝应元年（762年）。后来，他在东川射洪县和湖南潭州也有《野望》诗，还是感时伤世之作。

|| 注 释 |

〔西山白雪三城戍〕西山，在四川松潘县南叠溪湖西，一名大雪山、蓬婆岭。三城，即松（今四川阿坝藏族羌族自治州松潘县）、维（今理县西）、保（今理县东南）三州。戍，戍守。三城为当时防御吐蕃进犯的要地。这句写近望。

〔南浦清江万里桥〕浦，江边地。清江，指锦江，在成都南门外，一名流江，由灌县（今都江堰市）经郫县（今成都市郫都区）、温江间往东而流，水很清澄。万里桥即今南门大桥，蜀汉时费祎使吴，诸葛亮到此桥饯送，费祎说："万里之行，始于此桥。"桥下水入岷江，流至宜宾，与金沙江合为长江，东流直达江南。这句是说出郊上桥而西望，补足上句。

〔海内风尘诸弟隔〕海内，四海之内。风尘，指河北寇警。戎马所至，风起尘扬。诸弟隔，杜甫有弟颖、观、丰各在他郡。这句写远望。

〔**天涯涕泪一身遥**〕成都在长安西南边远之地，所以说是"天涯"。这句是说自己一人在边远之地，常常流泪，所以远望。

〔**惟将迟暮供多病**〕迟，晚。迟暮，指年老。这句说只能将暮年供多病之役，意思是说，只能让老年的时光在多病的情况下度过。

〔**未有涓埃答圣朝**〕涓埃，滴水和细尘，形容微末的贡献。答，报答。圣朝，称唐室。

〔**跨马出郊时极目**〕由城内骑马到郊野，尽目力眺望。时，时常。这句点清题意。

〔**不堪人事日萧条**〕"人事"应上忧国思家总说。不堪，感情不能胜任。萧条，寂寥。这句感慨很深。因为当时剑南分为东西川，设两节度使，西山三城戍守，百姓疲于征调，蜀州刺史高适上疏请罢东川节度，以济民困，未被采纳，杜甫这诗也为此事而作。

狂 夫

杜 甫

万里桥西一草堂,百花潭水即沧浪。
风含翠筱娟娟净,雨浥红蕖冉冉香。
厚禄故人书断绝,恒饥稚子色凄凉。
欲填沟壑惟疏放,自笑狂夫老更狂。

题 解

《诗·国风·齐风·东方未明》："狂夫瞿瞿。"说狂放无守的人。《论语·微子》："楚狂接舆歌而过孔子。"接舆，陆通字。楚昭王时，政令无常，陆通披发佯狂不仕，时人称为楚狂。隐居四川峨眉山，俗传寿数百岁，后成仙。杜甫寓居成都草堂，这诗即以楚狂自比。

注 释

〔万里桥西一草堂二句〕杜甫有诗说："万里桥西宅，百花潭北庄。"（《怀锦水居止二首》之二）按：百花潭在青羊宫之东，潭水上游即浣花溪，因求偶对，故用"百花潭北庄"，实则庄在浣花溪北。《楚辞·渔父》："渔父莞尔而笑，鼓枻而去，歌曰：沧浪之水清兮，可以濯我缨，沧浪之水浊兮，可以濯我足。"杜甫是用这一典故，以渔父隐者自比。浪音狼，读平声。

〔风含翠筱娟娟净〕这句是应首句。翠筱，绿竹，筱，音小。娟娟，美好的样子。

〔雨浥红蕖冉冉香〕这句是应第二句。浥，湿润。蕖，荷。冉冉，慢慢而来。上句风中有雨（娟娟净），这句雨中有风（冉冉香）。

〔**厚禄故人书断绝**〕厚禄,高厚的俸禄。故人,旧友。书,书信。

〔**恒饥稚子色凄凉**〕恒,常。稚子,幼子。容颜常带饥色,所以说凄凉。

〔**欲填沟壑惟疏放**〕欲填沟壑,将穷饿而死。疏放,三国魏嵇康志远而疏,吕安心旷而放。疏放是说不肯仰面逢迎别人。

客 至

杜 甫

舍南舍北皆春水,但见群鸥日日来。
花径不曾缘客扫,蓬门今始为君开。
盘飧市远无兼味,樽酒家贫只旧醅。
肯与邻翁相对饮,隔篱呼取尽馀杯。

题 解

题下原注:"喜崔明府相过。"唐人称县令为明府。明朝张𬘡注:"前有《宾至》诗,而此云《客至》,前有敬之之意,此有亲之之意。"邵宝(也是明朝人)注说崔明府是杜甫的母舅,按杜甫有送十一舅、十七舅、二十三舅、二十四舅几首诗,都尊称"舅氏",这诗独称"君",应是与杜甫平辈的人。

注 释

〔但见群鸥日日来〕鸥,水鸟,灰白色,翼长,常飞翔于海上或江湖上。这里兼用《列子·黄帝》海上之人狎鸥的故事。日日来,说明自己无机巧之心。

〔盘飧市远无兼味〕飧,熟食,音孙。市远的市指南市津头。无兼味,只有一味。

〔樽酒家贫只旧醅〕樽,酒杯。醅,未滤的酒,音胚。

〔隔篱呼取尽馀杯〕舍南舍北都是水,只隔篱有人居住,前后照应。呼取,呼得。尽馀杯,干杯。

登 楼

杜 甫

花近高楼伤客心,万方多难此登临。
锦江春色来天地,玉垒浮云变古今。
北极朝廷终不改,西山寇盗莫相侵。
可怜后主还祠庙,日暮聊为梁甫吟。

题 解

东汉末年董卓作乱，王粲避难到荆州依刘表，登当阳县城楼，思念京都而作《登楼赋》。杜甫这诗大旨也同。作于广德二年（764年）的春天。

注 释

〔**万方多难此登临**〕万方，万国，指海内之地。难，世乱，读去声。登临，登山临水，登楼或登塔赏景也可用。

〔**天地**〕天地之间。

〔**玉垒浮云变古今**〕玉垒，山名，在四川都江堰西。太宗时设关于山下，为吐蕃往来冲要之地。成都城内遇天晴时隐约可见都江堰之山。这句说古今变化有如玉垒山上浮动莫定的白云。

〔**北极朝廷终不改**〕北极一名北辰，众星拱之，以比喻朝廷帝王的尊贵。终不改，是说上年吐蕃陷长安，立广武王承宏为帝，郭子仪收京后，代宗回到长安。

〔**西山寇盗**〕吐蕃陷松、维、保三州，西山见前《野望》诗注。

〔**可怜后主还祠庙**〕后主刘禅昏庸失国，四川人民因怀念先主刘备和丞相诸葛亮,还是为他立了祠庙,在先主庙东。武侯祠在先主庙西。杜甫这里由于深思多难的原因,对唐代宗信任宦官程元振等致乱(后主信任宦官黄皓)也有所讽刺。

〔日暮聊为梁甫吟〕诸葛亮在隆中躬耕陇亩,好为《梁父吟》(父读上声,同甫,梁父是泰山下小山名)。《梁父吟》是古歌,现存的有"二桃杀三士"等语。杜甫是以诸葛亮的感慨失意自喻。清人黄生说《梁甫吟》就指这首《登楼》诗。

绝句四首（选一首）

杜 甫

两个黄鹂鸣翠柳,一行白鹭上青天。
窗含西岭千秋雪,门泊东吴万里船。

题　解

这里直接用绝句作题，绝句是五言或七言四句，它的制作前于律诗，应该说是古诗。但后来讲究平仄和用韵的关系，一般都把它和律诗一起算作近体诗。绝句本来是无须对偶的，这里的四句却是两两相对，可以说是变体。

注　释

〔窗含西岭千秋雪〕谢朓《郡内高斋闲望答吕法曹诗》："窗中列远岫。"杜甫用此，也是成都所见的实景。西岭指都江堰西南一百里的雪山。《怀锦水居止二首》之二："雪岭界天白。"成都晴天可以隐约见到。

〔门泊东吴万里船〕浣花溪可行小舟，直通百花潭，再东经万里桥下，直抵东吴。

咏怀古迹五首

杜 甫

一

支离东北风尘际,漂泊西南天地间。
三峡楼台淹日月,五溪衣服共云山。
羯胡事主终无赖,词客哀时且未还。
庾信平生最萧瑟,暮年诗赋动江关。

二

摇落深知宋玉悲,风流儒雅亦吾师。
怅望千秋一洒泪,萧条异代不同时。
江山故宅空文藻,云雨荒台岂梦思?
最是楚宫俱泯灭,舟人指点到今疑。

三

群山万壑赴荆门，生长明妃尚有村。
一去紫台连朔漠，独留青冢向黄昏。
画图省识春风面，环佩空归月夜魂，
千载琵琶作胡语，分明怨恨曲中论。

四

蜀主窥吴幸三峡，崩年亦在永安宫。
翠华想像空山里，玉殿虚无野寺中。
古庙杉松巢水鹤，岁时伏腊走村翁。
武侯祠屋长邻近，一体君臣祭祀同。

五

诸葛大名垂宇宙，宗臣遗像肃清高。
三分割据纡筹策，万古云霄一羽毛。
伯仲之间见伊吕，指挥若定失萧曹。
运移汉祚终难复，志决身歼军务劳。

题　解

这是借古迹咏自己的心怀，不是专写古迹。每首写一古迹，怀一古人（只庾信宅在江陵，不在峡内，第一首是自叙带言庾信），借其人写自己的身世之感。这是从左思《咏史》诗来的。是杜甫七律组诗的代表作，大历元年（766年）作于夔州。

注　释

（一）这首从咏怀写到梁朝诗人庾信。

〔支离东北风尘际〕支离，形体不全的样子，这里可作流离解。"东北"对下句"西南"说，指安史叛乱，攻陷长安后，杜甫到鄜州，被俘回京，又逃到凤翔，收复长安后，贬华州，又弃官到秦州，再到同谷。风尘，指战争，见前《野望》诗注。际，时际，适当其时。

〔漂泊西南天地间〕漂泊，流寓失所。"西南"对上"东北"而言，称天地间，言其广大。这句见杜甫漂流不止一地。他入蜀以后，先居成都，后辗转于梓、阆、汉等州，以后又回成都，再经嘉州、戎州、渝州、忠州、云安到夔州。

〔三峡楼台淹日月〕"三峡"见前李白《峨眉山月

歌》注释。夔州人依山建筑楼台居住,杜甫也曾居草阁(江边阁)、西阁等。淹日月,久留。淹音炎。

〔**五溪衣服共云山**〕五溪指雄溪、樠溪、酉溪、沅溪、辰溪,为少数民族(苗、瑶、土家等族)所居之地。在今湖南、贵州两省接壤处。他们的习俗喜穿五色衣服。共云山,与苗、瑶杂处,不得归去。

〔**羯胡事主终无赖**〕"羯胡"指安禄山,羯音揭。"主"指玄宗。无赖,狡猾多诈。也是写侯景叛梁,引起最后两句咏庾信。

〔**词客哀时且未还**〕词客,词人,杜甫自称。哀时,对时局哀伤。且未还,尚未还,还没有回故都。也是兼写庾信。

〔**庾信平生最萧瑟二句**〕庾信,梁朝著名诗人,为东宫学士,领建康令。侯景叛乱,信战败奔江陵,梁元帝遣使聘于西魏。江陵又陷,信留北朝不得遣还,常思念故国,作《哀江南赋》《咏怀二十七首》等,感人很深,流传也广。萧瑟,秋风吹动草木的声音。动江关,是说动故国之思。

(二)这首怀念楚国诗人宋玉。

〔**摇落深知宋玉悲**〕宋玉,战国时楚大夫,屈原弟子,悲其师忠而放逐,作《九辩》述其志,开始说:

"悲哉秋之为气也，萧瑟兮草木摇落而变衰。"摇落，凋残。

〔**风流儒雅亦吾师**〕"风流"言其标格（风范举止），"儒雅"言其文学。宋玉以屈原为师，杜甫既以屈原为师，也以宋玉为师。亦，也。

〔**萧条异代不同时**〕异代，朝代各异。不同时，不得同时。所以上句说"怅望""洒泪"。萧条见前《野望》诗注。

〔**江山故宅空文藻**〕归州（今湖北秭归县）有宋玉宅，归州在峡内，所以说"江山故宅"。文藻，文辞，文采。空文藻说宋玉已死，空有文辞尚传。

〔**云雨荒台岂梦思**〕宋玉作《高唐赋》讽谏楚襄王，假托怀王游高唐，梦遇巫山神女，王因幸之，离去时说她"旦为朝云，暮为行雨，朝朝暮暮，阳台之下"。岂梦思，岂是梦中相思，说本无此梦，只是假托罢了。

〔**最是楚宫俱泯灭二句**〕楚宫在巫山县西。泯灭，消灭净尽，泯音敏。俱，一同，连前"故宅"说，都已不存。加上"最是"，则着重在"宫"，如今"舟人指点"，不知确在何处，感慨悲伤之意，见于言外。清人黄生说是杜甫"抑楚王扬宋玉，扬宋玉亦所以自扬也"，不甚妥帖。

（三）这首写昭君村，咏昭君出塞事。

〔群山万壑赴荆门〕万壑，见前《蜀道难》诗注。赴，奔赴。荆门，山名，在今湖北宜都西北长江南岸，与北岸虎牙山相对，地极险要。

〔生长明妃尚有村〕杜甫《负薪行》："何得北有昭君村？"明妃的"明"与下"分明怨恨曲中论"的"明"字重复，似当作"昭君"。汉王嫱，字昭君，晋朝人避司马昭讳改称明君，后人又称明妃。昭君村在秭归东北四十里。尚有村，说村至今尚存。

〔一去紫台连朔漠〕去，离去。紫台，即紫宫。帝王之宫以象紫微星，故称紫宫。连，无极的意思。朔漠，北方的沙漠，匈奴所居。这句咏汉元帝以王嫱嫁匈奴单于事。

〔青冢〕墓无草木，远望冥蒙作朦（黛）色，所以叫青冢。指昭君死后所葬之地。

〔画图省识春风面〕元帝后宫很多，叫画工画图以便选择，宫人都赂画工，昭君不与，便丑图之。元帝以昭君嫁匈奴。省识，有人解为约略认识，有人说是不识而出以婉辞，明朝唐汝询《唐诗解》解为罕识，按：省，减少，即罕（少）意。这句说元帝从画图罕能认识昭君美丽的容貌。

〔**环佩空归月夜魂**〕传说周人郑交甫到楚国去，至汉皋，遇江妃二女，解佩珠与他，交甫怀着行数十步，二女不见，佩珠也失去。阮籍《咏怀》诗说："二妃游江滨，逍遥顺风翔，交甫怀佩环，婉娈有芬芳。"又江总《和东宫故妃诗》："犹忆窥窗处，还如解佩时，若令归就月，照见不须疑。"杜甫这句诗合用上面二诗，写昭君死后只有魂归故国。

〔**千载琵琶作胡语**〕千载，自汉至唐近千年。琵琶，马上所弹，送昭君时慰其道路之思。作胡语，说其声如胡人的语言。

〔**分明怨恨曲中论**〕昭君作怨思之歌，后人名为《昭君怨》，为四言诗，恐不可靠。论，读平声，音仑。

（四）这首写先主庙，兼及武侯祠。

〔**蜀主窥吴幸三峡两句**〕蜀主称刘备。窥，小视，窥伺。章武元年（221年）秋征吴，自巫山攻至秭归，次年夏天猇亭（湖北宜都北）军败，退至鱼复，改名永安，即白帝城（瀼溪以东，今奉节县东十三里）。三峡见前李白《峨眉山月歌》注释。皇帝行到叫"幸"。章武三年（223年），死于永安宫（瀼溪以西，今奉节县城东）。皇帝死叫"崩"。

〔**翠华**〕皇帝之旗，以翠鸟羽做旗饰。

〔玉殿虚无野寺中〕玉殿,称殿宇。原注:"殿今为卧龙寺,庙在宫东。"先主庙在奉节县东六里。

〔古庙杉松巢水鹤〕鹤,水鸟。老鹤才能巢于树上,见庙之久。

〔岁时伏腊走村翁〕古代一岁两祭,夏伏冬腊,"时"即指夏、冬二时。村翁时来,见老农对刘备庙祭祀很勤。

〔武侯祠屋长邻近二句〕夔州也有武侯祠,与刘备庙相距不远。君为元首,臣为股肱(手足)耳目,共为一体(一身)。祭祀同,是说村翁同祭刘备庙与诸葛亮祠。

(五)这首怀念蜀相诸葛亮。

〔垂宇宙〕垂,垂留。上下四方叫宇,古往今来叫宙。就空间和时间共说。

〔宗臣遗像肃清高〕武侯庙在夔州八阵图的卧龙山上。宗臣,所宗仰之臣。遗像,庙中所祀诸葛遗留之像。肃清高,肃然清高。肃,敬严;清高,指修道静默,即"澹泊以明志,宁静以致远"(诸葛亮《诫子书》语)的意思。

〔三分割据纡筹策〕三分,指魏、蜀、吴三国。纡,音迂,屈,说志不得展。筹策,筹谋划策,指诸葛隆中定计。

〔**万古云霄一羽毛**〕诸葛如鸾凤在云霄，自古以来人们只见其一羽毛罢了。

〔**伯仲之间见伊吕**〕伊吕，伊尹、吕尚，殷、周贤臣，辅佐成汤、文王、武王。彭羕曾经称赞诸葛亮为"当世伊吕"。伯仲之间，兄弟之间。这句即"当世伊吕"的意思。

〔**指挥若定失萧曹**〕指挥若定，说胸有成算，取天下于指挥之间。失萧曹，萧曹失色，说不足相比。萧何、曹参，汉丞相，佐刘邦开基，功劳最大。

〔**运移汉祚终难复二句**〕上句说汉位已衰，国运将移，终属难于恢复。祚音做。下句"志决身歼"，说一意以死报国。歼音尖，灭，死。军务劳，劳于征战。全句即《后出师表》所说"鞠躬尽瘁，死而后已"的意思。

秋兴八首

杜 甫

一

玉露凋伤枫树林,巫山巫峡气萧森。
江间波浪兼天涌,塞上风云接地阴。
丛菊两开他日泪,孤舟一系故园心。
寒衣处处催刀尺,白帝城高急暮砧。

二

夔府孤城落日斜,每依北斗望京华。
听猿实下三声泪,奉使虚随八月槎。
画省香炉违伏枕,山楼粉堞隐悲笳。
请看石上藤萝月,已映洲前芦荻花。

三

千家山郭静朝晖,日日江楼坐翠微。

信宿渔人还泛泛,清秋燕子故飞飞。

匡衡抗疏功名薄,刘向传经心事违。

同学少年多不贱,五陵衣马自轻肥。

四

闻道长安似弈棋,百年世事不胜悲。

王侯第宅皆新主,文武衣冠异昔时。

直北关山金鼓震,征西车马羽书驰。

鱼龙寂寞秋江冷,故国平居有所思。

五

蓬莱宫阙对南山,承露金茎霄汉间。

西望瑶池降王母,东来紫气满函关。

云移雉尾开宫扇,日绕龙鳞识圣颜。

一卧沧江惊岁晚,几回青琐点朝班。

六

瞿塘峡口曲江头,万里风烟接素秋。

花萼夹城通御气,芙蓉小苑入边愁。
珠帘绣柱围黄鹄,锦缆牙樯起白鸥。
回首可怜歌舞地,秦中自古帝王州。

七

昆明池水汉时功,武帝旌旗在眼中。
织女机丝虚夜月,石鲸鳞甲动秋风。
波漂菰米沈云黑,露冷莲房坠粉红。
关塞极天惟鸟道,江湖满地一渔翁。

八

昆吾御宿自逶迤,紫阁峰阴入渼陂。
香稻啄余鹦鹉粒,碧梧栖老凤凰枝。
佳人拾翠春相问,仙侣同舟晚更移。
彩笔昔曾干气象,白头今望苦低垂。

题 解

晋朝潘岳有《秋兴赋》。郑玄《周礼注》说:"兴者,托物于事也。"杜甫这八首诗即来源于潘岳赋,意为秋日感兴,兴读去声。大历元年(766年)作于夔州。这也是杜甫晚期七律组诗的代表作。

注 释

(一)这首为秋兴的发端,夔州秋景引起羁旅之感。

〔玉露〕白露。

〔巫山巫峡气萧森〕《水经注》:巫峡首尾一百六十里,因山为名。气萧森,秋气萧条。

〔江间波浪兼天涌二句〕极写巫山巫峡的风景,波浪在地却说兼天,风云在天却说接地,都见秋气萧森之状。兼天,犹言连天。"塞上"指夔州地近五溪苗瑶所居的区域。

〔丛菊两开他日泪〕杜甫在永泰元年(765年)秋到云安,大历元年(766年)到夔州,所以说丛菊两开。他日,前日,指往时。见菊开而惊时晚岁更,自然如昔日老泪下流。

〔孤舟一系故园心〕系,泊舟,指留居夔州。故园心，思念长安城南少陵故居的心。

〔**寒衣处处催刀尺**〕寒衣，冬衣。处处，犹家家。催刀尺，催人裁剪。江上早寒，便想到冬衣。

〔**白帝城高急暮砧**〕白帝城，即指夔州，下临长江。砧，捣衣石，古人制寒衣须捣练帛。急暮砧，表现捣衣声的急促。砧，音斟。

（二）这首接上面的暮景，写到夜深，遥望长安，不得还朝。

〔**夔府孤城**〕唐太宗贞观十四年（640年）以夔州为都督府，督归、夔、忠、万、涪、渝、南七州，后罢都督府，肃宗乾元二年（759年）又升为都督府，不久又罢。这里称夔府，用旧名。孤城指夔州城（今奉节县）。夔，音逵。

〔**每依北斗望京华**〕京师为文物荟萃之地，所以称为京华，指长安。长安上直北斗，一说紫微为太帝座，北斗正列紫微垣南，所以杜甫依北斗星的位置而望长安。每依，常依。这句是八首主旨。

〔**听猿实下三声泪**〕本是"听猿三声实下泪"，因为平仄和与下句对偶的缘故而倒转。参前李白《早发白帝城》诗注。"实"是亲身经历。

〔**奉使虚随八月槎**〕传说汉武帝派张骞出使大夏寻

河源，乘槎经月，到天河。严武为剑南节度使，杜甫曾入幕参谋，严武既死，杜甫不能随他还朝，所以说"奉使虚随"。又传说天河与海通，有人居海渚，年年八月见浮槎去来不失期，便乘槎去到了天河。用"八月"表明秋天，以对上句的"三声"。"槎"同"查"，水中浮木。

〔画省香炉违伏枕〕《汉官仪》："尚书省中皆胡粉涂壁，画古贤人烈士。"所以称画省。又："尚书郎更直，女侍史二人从直，女侍执香炉烧薰从入台护衣。"《旧唐书·职官志》："凡尚书省官每日一人宿直，都司执直簿转以为次。"杜甫曾被任为检校工部员外郎，这里的"伏枕"暗中照应"宿直"说。杜甫未到省供职，所以说违离。《诗·国风·陈风·泽陂》："寤寐无为，辗转伏枕。"朱熹注："卧而不寐，思之深且久也。"仇兆鳌注即据此说杜甫在夔州卧不能寐。与第五首的"一卧沧江"同义。有人说是卧病，按此与《风疾舟中伏枕书怀》等诗的"伏枕"不同。

〔山楼粉堞隐悲笳〕山楼，夔府城楼。粉堞，城上涂白土的女墙（小墙）。堞音牒。隐悲笳，胡笳之声动人悲感，隐伏城堞之间，边人吹它以报昏晓。

〔请看石上藤萝月二句〕看，读平声。藤萝在石上，月在藤萝上，逐渐上升，映到洲前芦荻花了，见得诗人伫望时久，照应上面的"落日斜"写的。芦荻，水草，秋日开花，和其他各首一样，都点明秋意。

（三）这首写夔州朝景，抒发功名无成，由于疏救房琯得罪，朝中所用非贤，诗人志不得偿。

〔千家山郭静朝晖〕据《旧唐书·地理志》：夔州管奉节等四县，凡七千八百三十户，天宝时增至一万五千六百二十户，经乱后奉节县也应有三四千户。《夔州歌十绝句》之五说："瀼东瀼西一万家。"应该有些夸张。今只就城郭说，称为"千家山郭"。这句接上首深夜，写次日的朝阳。静，寂静。

〔日日江楼坐翠微〕翠微，山旁陂陀之处，一说山青绿色。山绕江楼，日日坐对，说留滞已久。

〔信宿渔人还泛泛二句〕再宿叫"信"。泛泛，舟浮水上的样子。故飞飞，依旧群飞。用所见渔人、燕子比喻自己的漂泊。

〔匡衡抗疏功名薄〕疏，奏疏。读去声，音庶。西汉匡衡为博士给事中，元帝问以政治得失，衡上疏奏对，迁光禄大夫，太子少傅。后为丞相，封乐安侯。杜甫为左拾遗，上疏救房琯，贬为华州司功参军，后弃官入蜀。所以用匡衡抗疏自比，但说功名微薄，不如匡衡。抗疏，上疏直陈。功名，指禄位说。

〔刘向传经心事违〕西汉宣帝时，刘更生为谏大夫，迁给事中，曾受《穀梁春秋》，讲论"五经"于石渠阁（藏秘书），为弘恭、石显所毁下狱，免为庶人。成帝即位，更生复用，更名向。诏向领校"五经"秘书，著有《洪范五行传论》《列女传》《新序》《说苑》。又与儿子歆共领校秘书，讲六艺传记、诸子诗赋、数术方技，无所不究。向死后，刘歆卒父前业。父子都好究古，博见强志，过绝于人。杜甫在天宝时曾献《三大礼赋》，待制集贤院试文章，如今屈于幕府，留滞峡中，不得如刘向的传经，所以说"心事违"。心事，心中所念之事。

〔同学少年多不贱〕同学，同受业于师。不贱，即说富贵。

〔五陵衣马自轻肥〕五陵，长陵、安陵、阳陵、茂陵、平陵，为汉高祖、惠帝、景帝、武帝、昭帝的陵墓。不少富豪家居于其地。轻裘肥马，自享安富生活，与杜甫的关怀国事民瘼相异。

（四）这首思念故国，感慨长安世事，忧虑回纥、吐蕃的入侵。

〔闻道长安似弈棋〕上面三首定夔州，以下五首写长安，用这句为转折。闻道，听说，表示人们的常言。

弈，音亦，围棋。这句说长安政局变化很大，人们钩心斗角，有如棋局，互为胜负。

〔**百年世事不胜悲**〕自唐高祖开国至代宗大历元年（766年）已百余年，举其成数称"百年"。世事，暗说始治后乱。胜，平声。悲不自胜，说悲极。

〔**王侯第宅皆新主**〕安禄山攻陷长安，王侯之家，多被杀戮，或委弃奔窜。肃宗还京，以官赏功，封爵太滥，旧第宅换了新主人。

〔**文武衣冠异昔时**〕衣冠，士大夫所服，指仕宦的缙绅之家。肃宗、代宗都信任宦官，如李辅国加中书令，鱼朝恩为观军容宣慰处置使，加判国子监事，其余武将得势为达官的很多，与从前大为不同。

〔**直北关山金鼓震**〕直北，当长安以北。金鼓，用以指挥军队进退。这句说西北回纥内侵。

〔**征西车马羽书驰**〕羽书，羽檄，军中有急事插鸟羽于书。这句说吐蕃入寇，征西军队告急。

〔**鱼龙寂寞秋江冷二句**〕《水经注》说："鱼龙以秋日为夜。龙秋分而降，蛰寝于渊，故以秋为夜也。"比喻自己正如鱼龙值秋潜蛰。二句说当此秋江寂寞，想到故国平昔所居之地，不胜悲慨。

（五）这首思念长安宫阙和朝仪，感叹自己年老羁旅在外。

〔蓬莱宫阙对南山〕唐大明宫，初建于太宗贞观八年（634年），名永安宫，九年（635年）改为大明宫，备太上皇清暑。龙朔二年（662年）高宗染风痹，大举修建旧大明宫，改名为蓬莱宫，后改含元殿，神龙元年（705年）又改为大明宫。如山之寿叫蓬莱，如日之升叫大明。阙，门观。大明宫北居高原，南对终南山，京城坊市街陌如在槛内。

〔承露金茎霄汉间〕汉武帝承露盘、铜柱在建章宫西，地在唐长安城外西北隅，唐大明宫却在长安城东北，是借汉事说唐宫阙之盛。霄汉间，天际。霄字平仄失调。

〔西望瑶池降王母〕传说周穆王西游，升昆仑之丘，觞西王母于瑶池之上。又：汉武帝七月七日斋于承华殿，有青鸟西来，不久，西王母至。瑶池，传说的仙境。唐朝公主如金仙、玉真等，多为道士。这句写道观之盛。以下六句句末都是一虚字二实字，句法较板滞。

〔东来紫气满函关〕传说周朝关令尹喜常登楼望见东极有紫气西行，说应有圣人经过京邑，这天果见老君乘青牛车来过。函关，即函谷关，在今河南灵宝市。唐朝皇帝姓李，以老子为圣祖玄元皇帝，享荐太清宫。杜甫《三大礼赋》中有《朝献太清宫赋》，是歌颂尊崇道教的。

〔**云移雉尾开宫扇二句**〕雉，形似鸡，羽毛甚美。用雉尾羽缉为扇。云移，形容扇开。皇帝受朝于宣政殿，坐定，扇开日出，才见其面。龙鳞，衮衣上绣的龙纹。以上六句都写宫阙之壮伟和朝仪之盛，是玄宗时事。杜甫认为他的文章引起玄宗的注意，"往时文采动人主"，所以要这样极力铺叙。

〔**一卧沧江惊岁晚**〕沧江，大江。岁晚，指秋深，实寓年老之意，杜甫本年55岁。

〔**几回青琐点朝班**〕青琐，宫中门名，镂刻连环文，涂上青色。朝班，朝臣按官职排列的班行。点，传点。这句写他在肃宗时任左拾遗事，立朝不久，所以说几回。

（六）这首思念曲江名胜歌舞之地，因安史之乱而很感哀伤。

〔**曲江头**〕曲江，唐玄宗开元年间疏凿为胜境，花卉环绕，烟水明媚，都人游赏很盛。地在长安城南。

〔**万里风烟接素秋**〕秋西方白色，叫素秋。（编者注：《黄帝内经》："西方属秋。""西方白色。"）这句话说两地相隔万里，被秋景连接着。风烟，犹言风云。

〔花萼夹城通御气〕花萼相辉楼在南内兴庆宫（今西安兴庆公园）西南隅。玄宗命筑夹城至曲江芙蓉园。又自大明宫经复道达兴庆宫，外人不知。进奉于皇帝，或皇帝行事都叫"御"。御气，御行于元气中。玄宗常到芙蓉园游赏，从花萼夹城通去，所以说通御气。

〔芙蓉小苑入边愁〕安禄山反叛消息传来，玄宗登花萼相辉楼置酒，四顾凄怆。都由游幸误政，所以说边愁由芙蓉园入。芙蓉园本宜春苑。

〔珠帘绣柱围黄鹄〕珠帘绣柱，织珠为帘，以绣加柱。汉昭帝时，黄鹄飞下建章宫太液池中，昭帝作歌。宫室很密，黄鹄如被围住。黄鹄，大鸟。

〔锦缆牙樯起白鸥〕锦缆牙樯，以锦为缆，象牙饰帆墙。起，惊起。说舟楫多，白鸥也被惊起。以上两句由曲江写到宫室之盛。

〔回首可怜歌舞地二句〕秦中自古为帝王建都之处，回想当年歌舞地曲江之盛，诗人感到很可哀伤。

（七）这首思念长安昆明池，不得回京再见美景。

〔昆明池水汉时功〕昆明池，在长安西南，周四十里，汉武帝元狩三年（公元前120年）所穿，以习水战，准备征伐西南夷。功，同工，功力，指修造工程。

〔武帝旌旗在眼中〕武帝在昆明池造楼船，高十多丈,加上旌旗很雄壮。旌旗,旗的总名,有羽的叫旌,无羽的叫旗。玄宗也曾在这里置造战船。"在眼中"指这说,借汉说唐。

〔织女机丝虚夜月〕昆明池作二石人,东西相望,像牵牛织女。"虚"对"夜月",不理机丝,写织女的静,千古不移。

〔石鲸鳞甲动秋风〕昆明池刻石为鲸鱼,传说每雷雨常鸣吼,鬐尾皆动。这里借言秋风吹来石鲸也动,语很活泼。石鲸今尚存陕西省博物馆(原碑林),长三丈。以上两句写池景的壮丽,极道昆明池之盛。

〔波漂菰米沈云黑二句〕菰,一名蒋,茭白。秋结实,叫菰米,也称雕胡,可煮饭。沈云黑,言其多,一如黯黯的黑云。沈同沉,平声。莲房,莲蓬。莲结子花蒂褪落,所以说"坠粉红"。"露冷"写秋,犹第一首的"玉露凋伤",所施及的对象不同。这两句写昆明池的出产,表现的风光也很幽美。

〔关塞极天惟鸟道〕"关塞"即塞上,指夔州。"极天"形容高峻,"鸟道"形容绝险。这也说僻处地隅,不能回朝。

〔江湖满地一渔翁〕江湖满地,指荆楚(夔州、江陵同属山南东道)。也是写秋。《庄子·秋水》:"秋水时至，百川灌河。"释文："李云：水生于春，壮于秋。"渔翁即渔父，杜甫用以自比，即所谓"百花潭水即沧浪"，参前《狂夫》诗注。

（八）这首思念长安渼陂，追忆旧日之游而自伤衰老失意。

〔昆吾御宿自逶迤二句〕昆吾亭，在蓝田县境；御宿川，在万年县西南四十里；都在上林苑中。逶迤，长远曲折的样子，音萎移。紫阁峰，在鄠县东南三十里。山北叫阴，渼陂水浸及紫阁峰。渼陂在鄠县（今陕西省西安市鄠邑区）西。从长安去游渼陂，必须经过昆吾、御宿。

〔香稻啄余鹦鹉粒二句〕也是写的秋景。这里着重在写香稻、碧梧二物之美，用鹦鹉啄余、凤凰栖老来形容，不是实有其事（凤凰就只是神话传说，并无此鸟），因而这不是倒装句。香稻、粒、碧梧、枝当重读。这是八首诗中最有名的佳句，脍炙人口，传诵千古。

〔佳人拾翠春相问〕佳人，称美貌的女子。拾翠，拾翠羽，用曹植《洛神赋》中语。春相问，说佳人游春，拾翠羽互相问遗（馈赠）。

〔仙侣同舟晚更移〕后汉郭泰、李膺同舟而济，众人望之以为神仙。仙侣，称同游的朋友。杜甫与岑参兄弟天宝末年曾同游渼陂，"仙侣"称岑等。晚更移，晚更移舟而游。这两句极写当年游渼陂的士女之盛。

〔彩笔昔曾干气象〕传说梁朝诗人江淹梦见郭璞叫他归还彩笔（五色笔），自后诗无美句，时人以为才尽。杜甫这里以江淹自比。干气象，说笔凌山水的气象，指《渼陂行》等诗。

〔白头今望苦低垂〕"白头"与前面"同学少年"相照应。"今望"与"昔曾"相对，一本作吟望，是误字。"望"字与前面第二首"每依北斗望京华"的"望"字相应。苦低垂，苦苦低下，尽量低下，则不能望了，可说是声泪俱尽而终篇。

登 高

杜 甫

风急天高猿啸哀,渚清沙白鸟飞回。
无边落木萧萧下,不尽长江滚滚来。
万里悲秋常作客,百年多病独登台。
艰难苦恨繁霜鬓,潦倒新停浊酒杯。

题　解

《续齐谐志》载东汉桓景从费长房学，长房对他说：九月九日，汝南将有大灾，速叫家人缝囊装入茱萸系在臂上，登山饮菊花酒，这祸可免。桓景如言全家登山，夜晚回家，见鸡犬牛羊都暴死。后世人九日登高饮酒本此。这诗是大历二年（767年）夔州作。

注　释

〔猿啸哀〕参前李白《早发白帝城》诗注。说猿啼声悲哀。

〔渚清沙白〕渚，水中小洲，音煮。清，说水清澈。沙本灰色，水清则远望觉沙白。

〔无边落木萧萧下〕落木，落叶。无边，形容很多。萧萧，风吹树叶的声音。

〔滚滚〕波流的样子。以上四句写登高所见之景。

〔悲秋〕参前《咏怀古迹五首》第二首注。

〔百年多病独登台〕百年，指人生一世。登台，犹言登高。

〔艰难苦恨繁霜鬓〕承上"常作客"句说。苦恨，非常悲恨。繁霜鬓，耳边白发很多。鬓，音摈。

〔**潦倒新停浊酒杯**〕潦倒,衰老不得志。潦音劳。登高自应饮酒,因衰老多病,新近停止了。浊酒,即浊醪,汁滓相将的酒。以上四句写登高所感。

白帝城最高楼

杜　甫

城尖径仄旌旆愁,独立缥缈之飞楼。
峡坼云霾龙虎卧,江清日抱鼋鼍游。
扶桑西枝对断石,弱水东影随长流。
杖藜叹世者谁子,泣血迸空回白头。

题 解

郦道元《水经注》说:"白帝山城,西南临大江,窥之眩目。"最高楼当指白帝城楼。这首诗是古调拗体七律,王士禛所谓"苍莽历落中,自成音节"。这诗是大历元年(766年)夔州作。

注 释

〔城尖径仄旌旆愁〕城尖,城角。径,小路。旆,大旗,音沛。城高风急,旌旗易仆倒,所以说旌旆愁。当时可能守城戒严,结句所以说"叹世""泣血"。

〔独立缥缈之飞楼〕缥缈,若有若无,形容高远。因为古调拗律是歌行变体,可用"之"字。飞楼,形容极高。

〔峡坼云霾龙虎卧二句〕这是近景。平视山峡坼裂之处,云气苍茫,山水盘挐,似见龙蟠虎卧。日照清江,波荡滩石,有似鼋鼍游水。坼,音拆,裂开。霾,音埋,大风阴晦。鼋,音元,大鳖。鼍,音驼。鼍龙,又叫猪婆龙。

〔扶桑西枝对断石二句〕这是远景。扶桑,大木,神话说旸谷上有扶桑,十日所浴之处。一说在碧海中,树长数千丈。弱水在甘肃张掖北。城楼东望可见扶桑西枝,西望可见弱水东来,日影在水。这是夸张想象的写法,表现城楼最高。

〔杖藜叹世者谁子〕藜,音黎,一年生草本,茎坚老的可以作杖。谁子,哪个人,杜甫不说自己,故意这样问,表现更深刻。

〔泣血迸空回白头〕泣血,悲极流出血泪。迸空,眼泪夺眶而出,散到空中。回白头,因惊城楼极险而回头。按杜甫至德年间陷贼中时早已白发。

观公孙大娘弟子舞剑器行　并序

杜　甫

　　大历二年十月十九日，夔府别驾元持宅见临颍李十二娘舞剑器，壮其蔚跂。问其所师，曰："余公孙大娘弟子也。"开元五载，余尚童稚，记于郾城观公孙氏舞剑器浑脱，浏漓顿挫，独出冠时。自高头宜春、梨园二伎坊内人，洎外供奉（舞女），晓是舞者，圣文神武皇帝初，公孙一人而已。玉貌锦衣，况余白首，今兹弟子，亦匪盛颜。既辨其由来，知波澜莫二。抚事慷慨，聊为《剑器行》。往者吴人张旭，善草书书帖，数尝于邺县见公孙大娘舞西河剑器，自此草书长进，豪荡感激，即公孙可知矣。

昔有佳人公孙氏，一舞剑器动四方。
观者如山色沮丧，天地为之久低昂。
㸌如羿射九日落，矫如群帝骖龙翔。
来如雷霆收震怒，罢如江海凝清光。
绛唇珠袖两寂寞，晚有弟子传芬芳。
临颍美人在白帝，妙舞此曲神扬扬。
与余问答既有以，感时抚事增惋伤。
先帝侍女八千人，公孙剑器初第一。
五十年间似反掌，风尘澒洞昏王室。
梨园弟子散如烟，女乐余姿映寒日。
金粟堆南木已拱，瞿唐石城草萧瑟。
玳筵急管曲复终，乐极哀来月东出。
老夫不知其所往，足茧荒山转愁疾。

题 解

"剑器"是武舞曲名;"浑脱"本是唐朝长孙无忌用乌羊毛做的毡帽,称为"赵公浑脱",后来演为舞曲。合称为"剑器浑脱"。陈旸《乐书》说唐自则天末年,剑器入浑脱,为犯声之始,剑器宫调,浑脱商调,所以称犯声。舞者手中持剑(舞器),表现出一种威武勇健的战斗精神。长孙无忌本为拓跋氏,祖先仕于北魏,是鲜卑人,剑器浑脱可能也是少数民族的舞曲,至少受有鲜卑人的影响。行是歌行。

注 释

〔**别驾元持宅**〕"别驾"为刺史的佐吏。元持,夔州别驾的姓名。

〔**临颍**〕今河南临颍县,在郾城县北。

〔**壮其蔚跂**〕壮,赞美。蔚跂,光彩蔚然,举足凌厉。音尉起。

〔**浏漓顿挫**〕形容舞伎妍妙。

〔**独出冠时**〕独出,特出。冠时,冠绝于当时。

〔**自高头宜春、梨园二伎坊内人**〕高头疑即前头,说常在皇帝前头。伎女入宜春院叫内人。伎坊即教坊,是管理、教习宫廷音乐歌舞的官署。蓬莱宫置教坊,玄宗自教法曲，叫作梨园弟子。内外教坊人数将近两千，梨园三百员。

〔洎外供奉（舞女）〕"舞女"二字据《文苑英华》补。洎，及，音记。外供奉舞女，指杂应官伎。

〔晓是舞者〕晓，通晓。是舞，此舞，指剑器浑脱。

〔圣文神武皇帝初〕圣文神武皇帝，指玄宗。初，即位之初。

〔玉貌锦衣〕貌美如玉，身着锦绣之衣。

〔况余白首三句〕这由公孙大娘的玉貌写到诗人自己的白头，加上"今兹弟子，亦匪盛颜"，说李十二娘也不年轻了，即诗中的"五十年间似反掌"，形容时光迅速，公孙大娘的死去意在言外，留到诗中去写明。

〔波澜莫二〕"波澜"也指舞伎，即前面说的"浏漓顿挫"。莫二，没有两样。

〔抚事慷慨〕抚事，抚思其事。慷慨，感慨激昂。

〔聊为〕姑且写作。

〔往者吴人张旭，善草书书帖〕往者，昔者，从前。张旭长于草书，杜甫在《饮中八仙歌》中曾用"草圣"称他（东汉张芝也被韦仲将称为"草圣"）。书帖，字帖，代人临摹。

〔数尝于邺县见公孙大娘舞西河剑器〕数，屡次。

音朔。邺县，今河南安阳。西河剑器为唐朝教坊曲名。西河也在安阳，疑公孙或为邺县人。陈寅恪以为：西河疑即河西或河湟之异称，此伎实际出于西胡。恐不尽然。又郑处诲《明皇杂录》说：公孙大娘还能为《邻里曲》《裴将军满堂势》。而以剑器浑脱为最著名。

〔**自此草书长进**〕张旭说他见公主担夫争路而得笔法之意，后见公孙大娘舞剑器而得其神。

〔**豪荡感激**〕豪放激昂。说张旭的书法和气概。张旭好饮酒，醉后常号呼狂走，索笔挥洒，变化无穷。

〔**即公孙可知矣**〕"即"与"则"通。说张旭这样，则公孙大娘的舞伎和为人可知了，意思说同样或更为高妙，同样或更为豪迈。

〔**动四方**〕四方，东西南北。动，风动，震动。

〔**观者如山色沮丧**〕如山，形容观者之多。色沮丧，面容失色。沮，音咀。

〔**天地为之久低昂**〕天因之变低，地因之变高，形容观众目眩，如天旋地转。

〔**㸌如羿射九日落**〕㸌音霍，闪灼。羿音艺。羿是中国古代神话传说中的英雄。说在唐尧时，天空出现十个太阳，禾稼草木焦死，民食无着。尧叫羿射下九个太阳，人民很高兴。这句比喻公孙大娘舞蹈时下降的姿态。

〔矫如群帝骖龙翔〕群帝，众神。骖龙翔，驾着飞龙而行。这句比喻她上升的姿态。傅玄《却东西门行》："进如翔鸾飞。"也写舞。

〔来如雷霆收震怒〕她忽然而来，好像震怒的急雷，雷过余响还在。一说写鼓声。

〔罢如江海凝清光〕陡然舞停，好像江海无波，被秋月的清光凝照着。一说写剑光。以上八句写公孙大娘善舞。

〔绛唇珠袖两寂寞〕绛唇，红唇，指人。珠袖，以珠饰袖，指舞。两寂寞，指人与舞都亡。

〔传芬芳〕傅毅《舞赋》："顺微风，挥若芳。"李善注："若，杜也，美人佩以为芳香也。"传芬芳，传舞技。

〔临颍美人在白帝〕临颍美人，即李十二娘。白帝，白帝城。

〔神扬扬〕意气扬扬自得。

〔有以〕有故。序文已详，诗里就略。

〔感时抚事增惋伤〕感时，感慨时局。"抚事"见上。惋伤，惋惜伤悲。以上六句见李十二娘舞而感怀。

〔先帝侍女八千人二句〕八千人包括序文说的宜春、梨园二伎坊内人和外供奉舞女。"先帝"称玄宗。初，当初。

〔五十年间似反掌〕从玄宗开元五年（717年）杜甫观公孙舞剑器到代宗大历二年（767年），为五十年。反掌，反手，形容岁月易过。

〔风尘澒洞昏王室〕风尘见前《野望》诗注。澒洞，同鸿洞，混乱的样子。昏，暗。"王室"指朝廷。这句说战争使朝廷昏暗不振。

〔梨园弟子散如烟〕散如烟，说烟消云散。因安史之乱，京城乐工多流落江南。

〔女乐余姿映寒日〕"女乐"指李十二娘。傅玄《却东西门行》："倾亚有余姿。""余姿"指最后的舞姿。映寒日，被寒冬日光所照映。以上六句写朝廷盛衰，即"感时抚事"。

〔金粟堆南木已拱〕玄宗的泰陵在蒲城东北金粟山。木已拱，墓上的树已合抱。按：玄宗死于宝应元年（762年），广德元年（763年）葬泰陵，至此已四年余。

〔瞿唐石城草萧瑟〕瞿唐石城，即白帝城，近瞿塘峡。草萧瑟，说岁暮，见前《咏怀古迹五首》第二首"摇落"句注。

〔玳筵急管曲复终二句〕写元持宅观舞剑器。玳筵，说筵席之美，称玳（玳瑁），珍之之辞，犹言琼筵。鲍照《代白纻曲》:"催弦急管为君舞。""管"指箫笛等。乐极哀来,因感时抚事的缘故。月东出,已至夜晚,应上"寒日"说。

〔**老夫不知其所往二句**〕老夫,杜甫自称。两句写临去而不忍去。足茧,说足生胼胝,行走迟慢,今反愁其疾速,依依不舍。"疾"一作"寂"。以上六句当席有感于聚散的无常。

送李少府贬峡中王少府贬长沙

高 适

嗟君此别意何如,驻马衔杯问谪居。
巫峡啼猿数行泪,衡阳归雁几封书。
青枫江上秋帆远,白帝城边古木疏。
圣代即今多雨露,暂时分手莫踌躇。

· 诗词若干首 ·

|作者简介|

高适,字达夫,我国盛唐时代的著名诗人。渤海蓨县(今河北景县)人。约生于唐武后长安四年(704年)。玄宗开元年间,曾在梁宋(今河南商丘)一带耕种过活。又到过燕赵和蓟北(今河北省地)。天宝三载(744年)和李白、杜甫等同游梁宋。他又南游楚地。又到过鲁郡和东平郡(今山东省地)。写了一些杰出的边塞诗和反映社会生活的诗。又到齐郡游大明湖(今山东济南)。天宝八载(749年),到长安应有道科中第,任封丘县尉。天宝十一载(752年),在河西节度哥舒翰幕中掌书记,边塞诗写得更多。天宝十四载(755年)安禄山反叛后,玄宗以高适为左拾遗,转监察御史,佐太子先锋兵马元帅哥舒翰守潼关。后擢为侍御史、谏议大夫。永王璘起兵,肃宗任他为淮南节度使,后降为太子少詹事,又出为彭、蜀二州刺史,后为西川节度使。代宗广德二年(764年)召回高适,做刑部侍郎,转左散骑常侍,封渤海县侯。永泰元年(765年)病故。

|题 解|

唐人称县尉为少府。峡中指夔州,在今重庆奉节县。唐朝仕宦重内轻外，因事贬官大多到州县任职。这是一首赠别的诗。

注　释

〔嗟君此别意何如〕嗟，叹声。意何如，问李、王两人对此番分别即外贬之意如何。

〔驻马衔杯问谪居〕驻马，停止不行。衔杯，含杯，指饮酒。谪居，贬官。

〔巫峡啼猿数行泪二句〕景中有情。上句写李贬峡中，参前李白《早发白帝城》诗注。下句写王贬长沙。衡阳在长沙南，那里有回雁峰，传说雁至此不过，遇春而回。雁足系书是汉朝苏武属下假吏常惠教使者对匈奴单于说，汉帝在上林苑射雁，雁足有帛书说苏武在某泽中。这里用来说长沙虽然道远，但可以寄递书信。

〔青枫江上秋帆远二句〕青枫江在长沙附近。这两句写景，很开阔。"白帝城"见前李白《早发白帝城》诗注。

〔圣代即今多雨露〕"圣代"指唐朝。"多雨露"比喻皇恩普施。

〔踌躇〕驻足，犹豫，音愁除。

奉和杜相公发益昌

岑 参

相国临戎别帝京,拥旄持节远横行。
朝登剑阁云随马,夜渡巴江雨洗兵。
山花万朵迎征盖,川柳千条拂去旌。
暂到蜀城应计日,须知明主待持衡。

作者简介

岑参,我国盛唐时代的著名诗人。生于玄宗开元四年(716年)。祖籍南阳,生地当在仙州(今河南叶县)。曾祖文本、伯祖长倩、伯父羲,都官至宰相,父亲做过州刺史。岑参幼年丧父,曾经遍览史籍,尤其长于为文。天宝三载(744年)进士及第,为右内率府兵曹参军。八载(749年)到安西(今新疆吐鲁番),在节度使高仙芝幕中掌书记。十载(751年)回到长安。次年与诗人高适、杜甫、储光羲等同游。天宝十三载(754年),安西北庭节度使封常清表为大理评事,摄监察御史,充安西北庭节度判官,便到了北庭(今新疆吉木萨尔),后升任伊西北庭支度副使。这段时期写了很多精彩的边塞诗。后人将他和高适并称为"高岑"。肃宗至德二年(757年)岑参回朝任右补阙,改起居舍人,出为虢州长史。代宗时为祠部、考功员外郎,转虞部、库部郎中。永泰元年(765年)被任命为嘉州刺史。大历元年(766年)杜鸿渐为山南西道剑南东西川等道副元帅平蜀乱,岑参为职方郎中兼侍御史,在成都杜的幕中住了一年,大历二年(767年)到嘉州。后罢官东归不成,在成都旅居一年多,大历五年(770年)病逝于成都旅舍。年55岁。

题 解

杜相公即鸿渐。他因劝肃宗在灵武即位,以功迁武部侍郎、河西节度使、荆南节度使等职,代宗广德二年(764年)拜兵部侍郎同中书门下平章事,转中书侍郎。永泰元年(765年)十月,剑南西川兵马使崔旰杀节度使郭英义,自称留后,邛州牙将柏贞节、泸州牙将杨子琳等讨旰,西蜀大乱。大历元年(766年)春,命鸿渐以宰相兼副元帅平定蜀乱。这首诗即其时所作。杜到成都后上表以剑南节制让于崔旰,次年代宗以旰为剑南西川节度使,召鸿渐还京,为门下侍郎,同中书门下平章事。不久病死。益昌,唐利州益昌郡益昌县,今四川省广元市昭化区。杜鸿渐原诗已失传,仅此诗与郎士元《和杜相公益昌路作》尚存。

注 释

〔相国临戎别帝京〕相国,本秦汉官名。后改为丞相。这里称杜鸿渐。临戎,监临军旅。帝京,长安。

〔拥旄持节远横行〕旄,音毛,旌幢,旌旗。节,符节。时杜为副元帅,兼剑南西川节度使,所以说拥旄持节。横行,说遍行天下。

〔**朝登剑阁云随马**〕《水经注》卷二十："清水又东南迳小剑戍北，西去大剑三十里，连山绝险，飞阁通衢，故谓之剑阁。"云随马，写马行山路之速。

〔**夜渡巴江雨洗兵**〕巴江，指嘉陵江。昭化有白水江，剑阁有闻溪水，均东南流入嘉陵江。周武王伐纣，骤遇大雨，武王说："天洗兵也。"兵，说兵器。

〔**征盖**〕征，行。盖，车盖。

〔**去旌**〕去，离去。旌，析羽五彩系于旗杆头。两句写蜀道花草迎拂行车和离去的旌旗，既切春时，又表现了蜀民对朝廷伐叛的拥戴。

〔**暂到蜀城应计日**〕蜀城，指成都。《旧唐书·地理志》："张仪平蜀后，自赤里街移治于少城，今州城是也。是蜀城张仪所筑。"计日，计算日子，说很快定乱。

〔**明主待持衡**〕明主称唐代宗。持衡，衡即称，使轻重得其平，指执政而言。意思说代宗等待杜鸿渐平乱后去主持朝政。

幸蜀西至剑门

唐玄宗

剑阁横云峻,銮舆出狩回。
翠屏千仞合,丹嶂五丁开。
灌木萦旗转,仙云拂马来。
乘时方在德,嗟尔勒铭才。

作者简介

唐玄宗，姓李，名隆基，睿宗李旦的儿子。初封楚王，后为临淄郡王。景云元年（710年），韦后杀中宗，临朝摄政。隆基与刘幽求、钟绍京、葛福顺、李仙凫等起兵，杀韦后，少帝进封他为平王，殿中监、同中书门下三品。睿宗即位后，立为太子，先天元年（712年）传位于他。玄宗励精政事，海内殷富，三十年间，称为"开元之治"。天宝以后，渐事奢靡，任用蕃将，致酿成安禄山之乱。天宝十五载（756年），潼关陷落，京城危急，玄宗仓皇出走，到蜀郡（今四川成都），太子即位灵武（今宁夏回族自治区灵武县），是为肃宗。至德二载（757年）肃宗收复长安，上皇（隆基）十二月还京。宝应元年（762年）病死。

题 解

这是玄宗于至德二载（757年）冬还京过剑门时所作，因为诗里说"銮舆出狩回"，不是初至蜀的时候。皇帝行到叫"幸"。蜀在长安西南，所以称为"蜀西"。

注 释

〔剑阁横云峻〕"剑阁"见前首注。横云，山云横布。峻,高。

〔銮舆出狩回〕銮舆,皇帝的车驾,銮音栾。出狩,皇帝到诸侯国(地方)去叫"巡狩",巡视所守之土。

〔翠屏千仞合〕翠屏,山色苍翠,其形如屏。仞,七尺,一说为八尺。千仞,形容极高。合,说连山相接如屏合。张载《剑阁铭》说:"是曰剑阁,壁立千仞。"

〔丹嶂五丁开〕丹,红色。嶂,高险的山。五丁开,传说秦惠文王想伐蜀,因不识路,便作五条石牛,置黄金于下,说牛所便,蜀王叫五丁(力士)去牵牛,得成道路。

〔灌木萦旗转二句〕灌木,丛生的低小树木,主干不明。萦,萦绕。上句见林木多阻,下句见山路高绝。下句"仙云"与首句"横云"重"云"字,于律诗不宜。明曹学佺《蜀中名胜记》卷二十六录这诗,首句作"横空峻",不知何据。

〔乘时方在德〕乘时,因时。《汉书·韩安国传》:"凤鸟乘于风,圣人因于时。"张载《剑阁铭》:"兴实在德,险亦难恃。"乘时即兴。方,当。

〔嗟尔勒铭才〕晋朝张载父收,为蜀郡太守,载随父入蜀,作《剑阁铭》,益州刺史张敏见而奇其文,便上表录呈,武帝遣使镌石记之。铭文最后说:"凭阻作昏，鲜不败绩，公孙既没，刘氏衔璧。覆车之轨，无或重迹，勒铭山阿，敢告梁益。"嗟，嗟叹。尔，称张载。勒铭，刻铭于石，勒音肋。才，文才。载与弟协、亢，都能文，称"三张"。

杜少府之任蜀州

王 勃

城阙辅三秦,风烟望五津。
与君离别意,同是宦游人。
海内存知己,天涯若比邻。
无为在歧路,儿女共沾巾。

作者简介

王勃，字子安，我国初唐时代杰出的文学家和诗人。绛州龙门（今山西河津西）人。生于太宗贞观二十三年（649年）。6岁善文辞，未到20岁应举及第，授朝散郎。沛王召为王府修撰，诸王斗鸡，戏为檄英王鸡文，高宗怒斥王勃，不准入府。后补虢州（今河南灵宝南）参军。官奴曹达犯罪，王勃把他藏起来，后又怕事情泄露，竟杀达以塞口。因这事当诛王勃，遇赦除名。勃父福畤本为雍州（即京兆府）司户参军，因勃案降职交趾（今越南北部）令，勃渡南海去省亲，堕水而死，时为上元三年（676年），年仅28岁。他和杨炯、卢照邻、骆宾王齐名，称"王杨卢骆"号"初唐四杰"。

题 解

少府称县尉。之任，赴任。据《文苑英华》题当作《送杜少府之任蜀川》。按：蜀州是垂拱二年（686年）分益州四县所置，那时王勃已死，作蜀川为是。《华阳国志·蜀志》："蜀川人称郫、繁曰膏腴，绵洛为浸沃。"顾野王《舆地志》："后汉安帝置益州、广汉、嘉州，是为三蜀。嘉州见在川中，故名蜀川。"（蜀州治所在今四

川崇州市)

| 注　释 |

〔城阙辅三秦〕城阙，称帝王所居之处，指长安宫阙说。三秦，项羽入关后，分关中地为三，立秦降将章邯为雍王、司马欣为塞王、董翳为翟王。辅，畿辅，国都附近（辅助）之地。这句写送别之地。

〔风烟望五津〕据《华阳国志·蜀志》：岷江自灌县湔堰下流到犍为有五个渡口，即白华津、万里津、江首津、涉头津、江南津。风烟，指江上烟波。这句写蜀川。

〔同是宦游人〕宦游，因仕宦而出游。宦，音患。以上四句写题意已完。

〔海内存知己二句〕这是脍炙人口的名句。海内，四海之内。知己，知我，指交谊深厚的人。天涯，天边，指蜀川遥远之处。比邻，相近的邻里。

〔无为在歧路二句〕说不要在分歧的路上，像儿女般一道哭泣。以上四句慰别。

成都曲

张　籍

锦江近西烟水绿,新雨山头荔枝熟。
万里桥边多酒家,游人爱向谁家宿?

作者简介

张籍,字文昌,我国中唐时代的诗人,长于乐府,多警句,和王建齐名。生于代宗大历初年,死于文宗大和初年(闻一多《唐诗大系》定为768—830年)。他是和州乌江(今安徽和县)人。德宗贞元(785年)时中进士,授太常寺太祝,迁秘书郎。韩愈荐为国子博士,历官水部员外郎、主客郎中,终于国子司业。他曾经到过成都。

题 解

这是一首平仄不拘的七言绝句,是乐府体,所以用乐府诗题。

注 释

〔锦江近西烟水绿两句〕锦江,由郫县(今成都郫都区)东流到成都城东南,与郫江合(晚唐高骈任西川节度使时郫江改由城北绕过)。近西,指今南郊。烟水,烟波。唐时蜀中所产荔枝以泸州、戎州(今宜宾)的为最好,成都也有。山头,指负城丘陵,高骈时才完全垦平。这两句写成都南郊的景色。张籍另有一首《送蜀客》诗,其中说"木绵花发锦江西",写得也很幽美。

〔**万里桥边多酒家**〕"万里桥"见前杜甫《野望》诗注。酒家,卖酒人家。

〔**游人爱向谁家宿**〕唐时酒家可以留宿。这句意即哪个酒家酒好而又招待殷勤。

松滋渡望峡中

刘禹锡

渡头轻雨洒寒梅,云际溶溶雪水来。
梦渚草长迷楚望,夷陵土黑有秦灰。
巴人泪应猿声落,蜀客船从鸟道回。
十二碧峰何处所,永安宫外是荒台。

作者简介

刘禹锡，字梦得，我国中唐时代杰出的诗人，长于近体诗，他的竹枝词尤为有名。他是洛阳人（中山是郡望）。生于代宗大历七年（772年）。德宗时中进士第，授太子校书，调渭南主簿，迁监察御史。顺宗时，王叔文用事，转屯田员外郎，判度支盐铁案。王叔文失败，禹锡贬连州刺史，再贬朗州（今湖南常德）司马。元和十年（815年）召回长安，因作《玄都观赠看花诸君子》诗，再出为连州刺史，徙夔州（今重庆奉节）、和州（今安徽和县）刺史。文宗大和元年（827年），为主客郎中，分司东都。二年（828年）为主客郎中到长安。三年（829年）除礼部郎中、集贤殿学士。五年（831年），出为苏州刺史，后徙汝州、同州（今陕西大荔）刺史，开成元年（836年）迁太子宾客分司东都，武宗会昌元年（841年）加检校礼部尚书，兼太子宾客。二年（842年）去世。

题 解

松滋渡，在今湖北松滋市西北，松滋河入长江处，其地距峡州下牢关三峡尽处（今湖北宜昌西）已不远，可以眺望。这首诗是穆宗长庆二年（822年）年初刘禹锡转夔州刺史赴任时所作。

注　释

〔云际溶溶雪水来〕云际，形容长江水从天空高处流下。溶溶，水波广大的样子。雪水，长江支流岷江上源自雪岭而来。

〔梦渚草长迷楚望〕梦渚，称云梦泽，楚地大湖。草长，草深茂。迷，暗遮。楚望，指楚国的山川。颜延之《始安郡还都与张湘州登巴陵城楼作》："江汉分楚望，衡巫奠南服，三湘沦洞庭，七泽蔼荆牧。"楚望出自《左传·哀公六年》楚昭王说的"祭不越望，江汉睢章（漳），楚之望也"。本是说的山川祭。"七泽"即包括云梦泽，都在楚地，见司马相如《子虚赋》。"蔼荆牧"的"蔼"即草深，荆牧，楚地名。用"楚望"来和"秦灰"相偶，是实对。刘禹锡在朗州作的《楚望赋》说："万景坌（并）入，因道其远迩所得。"写的也是楚地的山川景物。

〔夷陵土黑有秦灰〕夷陵在陕州，今宜昌东，战国楚顷襄王时，白起攻下郢都，焚烧夷陵（楚先王墓地），故说"土黑有秦灰"。以上两句写松滋渡，有感于楚国的衰亡。

〔巴人泪应猿声落〕见前李白《早发白帝城》诗注。"泪应"的"应"读去声,说泪随猿声而落。一本作泪尽,不当。

〔蜀客船从鸟道回〕蜀客,客游蜀地的人。鸟道,见前李白《蜀道难》诗注。以上两句写远望峡中。刘禹锡连年任远州刺史、司马,今又将到艰险地区,故借巴人泪落、鸟道等以表现自己的心情。

〔十二碧峰何处所〕巫山有十二峰,神女峰最为纤丽奇峭,峰下有神女庙。何处所,哪个地方。这句说十二峰不可望见,言下的意思是楚国的遗迹难寻。

〔永安宫外是荒台〕荒台指阳台,见前杜甫《咏怀古迹五首》第二首注。"永安宫"见同诗第四首注。这两句紧接上面写峡中的两句,也是慨叹楚事,带写刘备死后蜀之衰亡。

酬乐天扬州初逢席上见赠

刘禹锡

巴山楚水凄凉地,二十三年弃置身。
怀旧空吟闻笛赋,到乡翻似烂柯人。
沉舟侧畔千帆过,病树前头万木春。
今日听君歌一曲,暂凭杯酒长精神。

题 解

敬宗宝历二年（826年）冬，刘禹锡罢和州刺史，回洛阳，白居易也因病免苏州刺史回洛阳，二人在扬州相遇，白居易在酒席上写了《醉赠刘二十八使君》诗，对刘禹锡外贬23年表示同情，说是"亦知合被才名误，二十三年折太多"，刘禹锡便写了这诗酬答。见赠，被赠，赠及。

注 释

〔巴水楚水〕大巴山跨陕西东南和川东北，东接三峡。楚水，指长江东流经归、峡等州至和州，以及洞庭湖滨的朗州等，都属于楚地。

〔弃置〕抛弃放置，说不用。

〔怀旧空吟闻笛赋〕晋朝向秀与嵇康、吕安为友，嵇、吕二人死后，向秀经过嵇康旧居，听到邻人吹笛，发声嘹亮，感慨昔游，作《思旧赋》。这里刘禹锡以向秀自比，说旧交如柳宗元等都已死去，自己也只能空吟怀旧的诗赋了。刘禹锡有《重至衡阳伤柳仪曹》诗，当即指此。这句是对白居易原诗第三句"诗称国手徒为尔"写的。

〔到乡翻似烂柯人〕据《述异记》，传说晋朝王质入山砍柴，见二童子下棋，局终，童子对王质说：你的斧柄烂了。王质归乡，已百岁。柯，斧柄。这句说自己贬谪年久，回乡后不知世事如何。这是对白居易原诗第四句"命压人头不奈何"写的。按《四部丛刊》影印日本崇兰馆藏宋本《刘梦得文集》作"到郡"，较佳，"郡"即指扬州，本广陵郡。刘熙《释名·释州国》："郡，群也，人所群聚也。"按之群、裙等字，自亦可读平声。

〔**沉舟侧畔千帆过二句**〕"沉舟""病树"是刘禹锡自比，"千帆""万木"比喻别人，说他们都已像轻舟超过自己，像春树在面前欣欣向荣了。这是酬和白居易诗的"举眼风光长寂寞，满朝官职独蹉跎"的。这两句是脍炙人口的名句，语极优美，最为白居易所称赏。

〔**歌一曲**〕歌，吟诗。一曲，即指白居易《醉赠刘二十八使君》一诗。

〔**暂凭杯酒长精神**〕白居易的诗开头说："为我引杯添酒饮。"答诗放在最后写这句。原诗的开头两句却放到最后去酬和了。这样变化比逐联应答活泼一些。

竹枝词二首

白居易

一

瞿唐峡口水烟低,白帝城头月向西。
唱到竹枝声咽处,寒猿暗鸟一时啼。

二

巴东船舫上巴西,波面风生雨脚齐。
水蓼冷花红簇簇,江蓠湿叶碧凄凄。

·诗词若干首·

作者简介

白居易，字乐天，我国唐代伟大的现实主义诗人。他在唐代诗歌史上的地位，仅次于李白和杜甫，当时的人曾将他和同时的诗人元稹合称为"元白"，又将他和同时的另一诗人刘禹锡合称为"刘白"，而实际元稹、刘禹锡在诗歌创作上的成就都不如他。他的讽谕诗反映社会现实，最为可取。歌行《长恨歌》《琵琶行》也为人所广泛传诵。他生于代宗大历七年（772年）。祖籍太原，实生于郑州新郑（今河南新郑）。五六岁时学作诗，9岁识声韵。德宗时中进士第，补校书郎。宪宗时调盩厔（今陕西周至）尉，为集贤校理，召为翰林学士，迁左拾遗，拜赞善大夫，因上疏请捕刺武元衡贼，贬江州（今江西九江）司马，后徙忠州（今重庆忠县）刺史。穆宗时为主客郎中，知制诰，历杭、苏二州刺史。文宗时迁刑部侍郎，改太子少傅。武宗时以刑部尚书致仕（退休），会昌六年（846年）病故。白居易创作丰富，今存诗凡2800多首。

题 解

乐府近代曲辞有《竹枝》，本巴渝民歌。刘禹锡长庆年间在夔府时,根据民歌改作新词,歌咏峡内风光和男女恋情,盛传于世。白居易这两首《竹枝》写于元和十四五年做忠州刺史时,稍前于刘作一二年。又白的诗说:"江畔谁人唱竹枝,前声断咽后声迟。怪来调苦缘词苦,多是通州司马诗。"(《竹枝词四首》之四)"通州司马"指元稹,元稹贬通州的时间为元和十年(815年)至十三年(818年),又前于白居易在忠州时,又顾况有《竹枝曲》,时间更应前于元稹。其实,杜甫的某些拗体七绝已经开了先声。

注 释

〔声咽处〕咽,呜咽,音噎。声咽处,说声音悲咽的地方。

〔暗鸟〕指夜中的鸟。

〔巴东船舫上巴西〕舫,音放,两船相并。巴东、巴西,隋郡名,唐朝改为夔州(今重庆奉节)、阆州(今四川阆中)。

〔水蓼冷花红簇簇〕水蓼,一年生草本,夏秋开红色小花。簇簇,攒聚的样子。簇音族。

〔江蓠〕香草名,即川芎。茎叶细嫩时叫蘼芜,叶大时叫江蓠。

马　嵬（其二）

李商隐

海外徒闻更九州，他生未卜此生休。
空闻虎旅传宵柝，无复鸡人报晓筹。
此日六军同驻马，当时七夕笑牵牛。
如何四纪为天子，不及卢家有莫愁。

|作者简介|

李商隐,字义山,我国晚唐时代杰出的诗人。他是怀州河内(今河南沁阳)人,生于宪宗元和六年(811年)。从令狐楚学文,令狐表署巡官。文宗时中进士,调宏农(今河南灵宝)尉。后为河阳节度使王茂元掌书记,娶茂元女,除侍御史。因为茂元与李德裕交好,牛党中人认为他是令狐所栽培,便排斥他。出为桂管观察使郑亚府判官(郑亚也与李德裕交好),回京去见令狐楚的儿子令狐绹(翰林学士,知制诰),令狐绹不肯接待。卢弘正镇徐州,表为掌书记,后还朝,再去见令狐绹(兵部侍郎同平章事),补太学博士。剑南东川节度使柳仲郢辟为判官、检校工部郎中。后北归,宣宗末年死于荥阳,在世年近50岁。李商隐诗学杜甫等人,反映政治和社会生活较为深入。又创为无题诗,大多是写爱情的,对诗词创作都有一定的影响。他的诗艺术性高,清词丽句,非常动人。

|题 解|

马嵬,驿名,在京兆府兴平县(今陕西兴平)西二十五里。嵬音为。马嵬本晋人名,在此筑城避难,也叫马嵬城、马嵬堡。天宝十五载（756年），玄宗出奔于蜀，至马嵬驿，龙武大将军陈玄礼等请玄宗命杨贵妃自缢死。这首诗即写玄宗与杨贵妃事。可能是李商隐在宣宗大中六年（852年）秋赴东川柳仲郢幕经过马嵬驿时所作。

注　释

〔海外徒闻更九州〕战国时邹衍说：九州之外复有九州。徒闻，空听人说。据陈鸿《长恨歌传》，贵妃死后，玄宗还京，思念不已。上皇（即玄宗）叫方士致贵妃神魄，天上地下求遍，东过蓬壶见最高仙山，上多楼阁，署玉妃太真院。玉妃出见方士，取金钗钿合，折其半交使者还献上皇。商隐这句诗只说贵妃的神魄难求，未信其事为真。

〔他生未卜此生休〕传中还说：使者将行时，请以一件秘事取信于上皇。玉妃说：天宝十载（751年）秋七月七日夜晚，牵牛织女相见，玄宗有感于其事，与她密誓愿生生世世为夫妇。这里说他生不能预料，而贵妃此生却先完结了，只能到海外去求贵妃的神魄。

〔空闻虎旅传宵柝〕《周礼·夏官司马》有虎贲氏、旅贲氏，主宿卫。这里的虎旅是虎贲之旅，说勇猛的军旅。这句说禁军随玄宗西出都门前，夜中击柝之声传出，空使人感到凄凉。柝，音拓。

〔无复鸡人报晓筹〕《周礼·春官宗伯》有鸡人，"夜呼旦以警百官"。王维《和贾至舍人早朝大明宫之作》："绛帻鸡人报晓筹。"报晓筹，报晓的更筹。这句写马嵬无人报晓，暗说京城不再朝见群臣了。

〔此日六军同驻马〕《周礼·夏官司马》：万有二千五百人为军，天子六军。说"六军"因愤慨而"驻马"。即《长恨歌传》说的"次马嵬，六军徘徊，持戟不进"。

〔当时七夕笑牵牛〕当玄宗、贵妃二人凭肩密誓的时候，笑牵牛织女一年一会，不如自己的终年相守。这句与上句相对照，哀乐迥异。两句对仗极工致。

〔如何四纪为天子两句〕十二年为一纪，玄宗在位四十四年，将及四纪。天子，称皇帝。梁武帝《河中之水歌》说："洛阳女儿名莫愁……十五嫁作卢家妇，十六生儿名阿侯。"今玄宗为皇帝，反不如卢家有妇莫愁，悲叹中对玄宗隐含讽刺。

杜工部蜀中离席

李商隐

人生何处不离群？世路干戈惜暂分。
雪岭未归天外使，松州犹驻殿前军。
座中醉客延醒客，江上晴云杂雨云。
美酒成都堪送老，当垆仍是卓文君。

题 解

这诗是拟杜工部（甫）体。语意都同于杜诗（如《送路六侍御入朝》之类）。是宣宗大中六年（852年）李商隐在剑南东川节度使柳仲郢幕中为判官，冬天差赴西川推狱，在成都时所作。

注 释

〔**人生何处不离群二句**〕这是反起，曲折顿挫。"离群"本属寻常，但"暂分"而惜别，是因世路崎岖，战乱不已。

〔**雪岭未归天外使**〕雪岭，一名雪栏山，在四川松潘县东三十里，俗呼宝鼎山，积雪终年不化。天外，言其地远，指吐蕃。代宗广德元年（763年），派李之芳等为使臣前往，被吐蕃所留，二年才得归朝。

〔**松州犹驻殿前军**〕松州即今松潘县。殿前军指禁兵。据《玉海》卷一三八：唐肃宗至德二载（757年）置左右神武军。又择便骑射者置衙前射生手千人，又曰殿前射生，分左右厢，号曰"左右英武军"。又：左右龙武、左右神武、左右神策，号"六军"。当时松州紧张，驻军不能撤回。到这年冬天，西山三城陷落。这两句接第二句,说的"世路干戈"。

〔座中醉客延醒客二句〕这两句写第一句说的"离群",即题中的"离席"。客醉本可离去了,但还请未醉的饮酒,"晴云"本可登途了,但还杂"雨云",不妨小留,这也就是"惜暂分"的意思。这两句句法模仿杜甫《闻官军收河南河北》诗的"即从巴峡穿巫峡,便下襄阳向洛阳"。

〔美酒成都堪送老〕杜甫在成都作《江畔独步寻花七绝句》:"应须美酒送生涯。"《水槛遣心二首》之二:"浅把涓涓酒,深凭送此生。"白居易《重题(香炉峰下草堂)》诗:"司马仍为送老官。"说遣送日月以至老死。

〔当垆仍是卓文君〕西汉司马相如在临邛开一酒店卖酒,卓文君当垆,相如着犊鼻裈(裤)洗涤食具。垆,酒垆。累土为垆,以放酒瓮,四边隆起,其一面高,形如锻炉。这句说打酒的人也像卓文君样貌美。犹如李白《金陵酒肆留别》诗中的"吴姬压酒使客尝"。杜甫《江畔独步寻花七绝句》:"谁能载酒开金盏,唤取佳人舞绣筵。"这句句意本此。

武侯庙古柏

李商隐

蜀相阶前柏,龙蛇捧闷宫。
阴成外江畔,老向惠陵东。
大树思冯异,甘棠忆召公。
叶凋湘燕雨,枝拆海鹏风。
玉垒经纶远,金刀历数终。
谁将出师表,一为问昭融。

题　解

武侯祠在成都南门外。杜甫《蜀相》诗说："丞相祠堂何处寻？锦官城外柏森森。"这诗中有"老向惠陵东"（惠陵在成都），是成都的武侯祠，而不是夔州的。这诗是咏武侯庙古柏树，并有慨于诸葛亮的功业未成。这首五言长律和上首七言律诗都是同时所作，即宣宗大中六年（852年）冬。

注　释

〔龙蛇捧閟宫〕杜甫《古柏行》："忆昨路绕锦亭东，先主武侯同閟宫。"成都武侯祠在先主庙西。閟，深闭，凡庙皆然，音必。《古柏行》又说"崔嵬枝干郊原古"，这里用龙蛇形容古柏高耸入云。

〔阴成外江畔〕唐朝魏王泰《括地志》："大江一名汶江，一名笮桥水，一名清江，亦名水江，西南自温江县流来。郫江，一名成都江，一名市桥江，亦名中日江，亦曰内江，西北自新繁县界流来。二江并在益州成都县界。"《太平寰宇记》："汶江一名笮桥水，一名流江，亦曰外江，西南自温江县流入。"锦江即汶江、流江，故为外江。（《清一统志》说以成都一城言，流江为内江，郫江为外江，是后起的说法，可能有误。）武侯祠在锦江南岸不远，所以称外江畔。阴成，柏树成阴，即杜甫说的"柏森森"，以象征诸葛的德业。

〔老向惠陵东〕惠陵，刘备的陵墓。武侯祠在惠陵东。这句表现诸葛亮的忠于刘备，柏树的老干和枝叶向陵东特茂。

〔人树思冯异〕汉光武帝部将冯异，为人谦逊不矜功，见诸将常引车避道，诸将并坐论功，冯异常独坐树下，军中号为"大树将军"。异死后，光武思念其功，更封子彰为东缉侯、彰弟䜣为析乡侯。

〔甘棠忆召公〕周朝召公巡行南国，治政劝农，止舍于甘棠之下，民思其德，故爱其树，而作《甘棠》诗。甘棠，即白棠、棠梨，似梨而小，霜后可食。这两句写诸葛亮武功义论，而归于德高望重。

〔叶凋湘燕雨〕《湘中记》："零陵有石燕，遇风雨则飞舞如燕，止则为石。"柏本常绿不凋，今说叶凋，以写古柏。

〔枝拆海鹏风〕《庄子·逍遥游》："鹏之徙于南溟（海）也，水击三千里，抟扶摇（旋风）而上者九万里。""拆"一作折。这句写古柏的枝为大风吹裂。这和上句是学阴铿、何逊的写法，衬托上两句的。以上八句写柏树。

〔**玉垒经纶远**〕玉垒，山名，在理县东南新保关。一说在灌县（今都江堰市）西北。经纶，用理丝的事比喻规划政治。这句写诸葛亮在蜀深谋远虑。

〔**金刀历数终**〕"刘"字为卯金刀。这句说汉朝（姓刘）的国运完结了。

〔**谁将出师表两句**〕诸葛亮于后主建兴五年（227年）出师伐魏，临行上表，情词恳切。昭融，上天。两句说谁能拿着《出师表》去为诸葛亮一问上天呢。为，读去声。以上四句对诸葛亮功业未成感慨。

筹笔驿

李商隐

猿鸟犹疑畏简书,风云常为护储胥。
徒令上将挥神笔,终见降王走传车。
管乐有才终不忝,关张无命欲何如?
他年锦里经祠庙,梁父吟成恨有余。

题　解

筹笔驿，在利州绵谷县（今四川广元市）北八十里，朝天驿北，相传诸葛亮出师，曾在这里驻军，挥笔筹划。这是大中六年（852年）秋所作。

注　释

〔猿鸟犹疑畏简书〕简书，戒命，写于竹简上的军令。古代诸侯有急便遣使执简相告。这里说诸葛写军令的竹简还使猿鸟惊畏。

〔风云常为护储胥〕储胥，木擭、枪累，军中藩篱。这句说"风云"常为诸葛亮护其军中藩篱。以上两句都写诸葛亮威灵还在。

〔徒令上将挥神笔二句〕徒令，空使。令读平声。上将，称诸葛亮。降王，指后主刘禅，降读平声，投降。传车，驿站的车，传音转，去声。走，急驰。两句说空叫诸葛亮挥笔筹划，结果看到刘禅投降魏元帝曹奂。

〔管乐有才终不忝〕诸葛亮早年每自比于管仲、乐毅。忝音舔。不忝，不辱，说诸葛亮的才终可与二人相比而不辱。

〔**关张无命欲何如**〕关羽、张飞，勇而善战，惜都死去，诸葛亮又将如何？这句言下说不能挽回汉运。

〔**他年锦里经祠庙**〕他年，后年，指未来。锦里，据《华阳国志·蜀志》："蜀郡夷里桥南岸道西城，故锦官也，锦工织锦濯其中则鲜明，濯他江则不好，故命曰锦里。"祠庙即武侯祠，在锦官城外，即锦里西南。

〔**梁父吟成恨有余**〕"梁父吟"见前《登楼》诗注。这句说吟梁父而怀遗恨，恨后主不孝，使诸葛亮遗志不能实现。

筹笔驿

罗　隐

抛掷南阳为主忧，北征东讨尽良筹。
时来天地皆同力，运去英雄不自由。
千里山河轻孺子，两朝冠剑恨谯周。
惟余岩下多情水，犹解年年傍驿流。

作者简介

罗隐，字昭谏，我国晚唐时代的有名诗人，其诗以近体为主。余杭（今浙江杭州市余杭区）人。生于文宗大和七年（833年），死于后梁太祖开平三年（909年）。本名横，十次应举不中第，便改名。后投钱镠，为镇海军掌书记，迁节度判官、盐铁发运副使、著作佐郎、司勋郎中，终于给事中。他曾经到过蜀中，大概是应试不中，来节度使幕中干谒的。

注　释

〔抛掷南阳为主忧〕诸葛亮家于南阳邓县，在襄阳城西二十里，号为隆中。抛掷，抛去。说为先主之忧而离开南阳。

〔北征东讨尽良筹〕北征，征魏。东讨，讨吴。尽良筹，都是良谋。按：东讨是刘备之意。

〔时来天地皆同力二句〕李商隐《咏史》诗说："运去不逢青海马，力穷难拔蜀山蛇。"与下句同意。不自由，不由自己。

〔千里山河轻孺子〕轻孺子，为孺子所轻。孺子，指后主刘禅，是说他不孝（这时他已40多岁）。"轻"是说他不重视先主所开辟的江山。

〔**两朝冠剑恨谯周**〕两朝，先主和后主两朝。冠剑，冠带剑佩，指文臣武将。谯周，巴西西充国（今四川西充）人，诸葛亮为益州牧，谯周为劝学从事，诸葛亮死后，他急忙奔丧，蒋琬仍然用他。后为太子家令、光禄大夫，主张降魏，魏封为阳城亭侯。谯，音樵。恨，恨其主降使蜀亡国。

〔**犹解**〕还懂得。

魏城逢故人

罗 隐

一年两度锦江游,前值东风后值秋。
芳草有情皆碍马,好云无处不遮楼。
山将别恨和心断,水带离声入梦流。
今日因君试回首,澹烟乔木隔绵州。

题　解

魏城县，属绵州，在今四川绵阳东北六十里。一题作《绵谷回寄蔡氏昆仲》，则作于绵谷（今四川广元）。按陆游有次韵诗，也以为在绵州魏成（城）县驿。故人，旧友。

注　释

〔锦江〕见前杜甫《野望》诗注。一作锦城。

〔前值东风后值秋〕前次之游遇东风（春风），后次之游遇秋风。

〔芳草有情皆碍马二句〕分承春秋两度之游。芳草、好云似都留客不走，碍马难行，遮楼可以娱客，且又易雨。这是有名的写景、抒情的佳句，言外之意处处受到当地人的挽留。或者即是写蔡氏兄弟留客的情致。可与前面李商隐《杜工部蜀中离席》诗的"座中醉客延醒客，江上晴云杂雨云"参看。成都多雨，故云。

〔山将别恨和心断二句〕写蜀中山水也知道别离之恨。山和心魂共断，水入梦中仍流。带离声，说水声呜咽。

〔今日因君试回首二句〕说为你试一回头，却被绵州的淡烟乔木隔住了。语亦幽美。

巫山高

李 贺

碧丛丛,高插天,大江翻澜神曳烟。
楚魂寻梦风飕然,晓风飞雨生苔钱。
瑶姬一去一千年,丁香筇竹啼老猿。
古祠近月蟾桂寒,椒花坠红湿云间。

作者简介

李贺，字长吉，我国中唐时代杰出的浪漫主义诗人，长于乐府诗。生于德宗贞元六年（790年），死于宪宗元和十一年（816年）。年仅27岁。河南府福昌县昌谷（今河南宜阳西）人。父晋肃，边上从事。代宗大历三年（768年），杜甫曾经送别晋肃由湖北公安到四川。因进士的"进"与父名音同，有人倡嫌名之说认为李贺不该应进士试，韩愈为此作《讳辩》，但李贺最终还是没有应试。韩愈、皇甫湜等很重他的诗篇。官奉礼郎。宋人宋祁等评唐诗，说李白为仙才，贺为鬼才。李贺的诗较为险奇，多惊人语句。

题 解

汉鼓吹铙歌十八曲有《巫山高》。巫山在夔州巫山县（今重庆巫山县）东三十里。

注 释

〔神曳烟〕神，巫山神女。参前《咏怀古迹五首》第二首"云雨荒台岂梦思"句注。曳烟，犹行云。

〔楚魂寻梦风飔然〕楚魂，楚王之魂。飔，凉风。

一作飒，风声。说楚王寻梦，山中渺无踪迹。

〔晓风飞雨生苔钱〕晓风，疑当作晓岚（岚，山气蒸润），因上句已有风字。苔形如钱，所以叫苔钱。

〔瑶姬一去一千年〕瑶姬，即巫山神女。传说为赤帝女，葬于巫山之阳，自称巫山之女。去，死去。

〔丁香筇竹啼老猿〕丁香，紫丁香。筇竹，出邛都邛山（今四川西昌东南）。这句说瑶姬死去已久，山中只有竹木蒙茏和老猿哀啼。

〔古祠近月蟾桂寒〕传说月中有蟾蜍与桂树，这句说古庙在高山巅。

〔椒花坠红湿云间〕蜀椒春夏间开绿黄色小花，这里说坠红，比作泪水，"红"指椒子，即花椒。但花椒子不落，乃是虚写。这句写无人。

锦城曲

温庭筠

蜀山攒黛留晴雪,簌笋蕨芽萦九折。
江风吹巧剪霞绡,花上千枝杜鹃血。
杜鹃飞入岩下丛,夜叫思归山月中。
巴水漾情情不尽,文君织得春机红。
怨魄未归芳草死,江头学种相思子。
树成寄与望乡人,白帝荒城五千里。

作者简介

温庭筠，本名岐，字飞卿，我国晚唐时代有名的诗人。宪宗元和十三年（818年）生，并州（今山西太原）人。与李商隐齐名，称"温李"。屡举进士不第，徐商镇襄阳，署为巡官。后为方城（今河南方城）尉，迁随县（今湖北随县）尉。曾来蜀中。懿宗咸通末年死。

题 解

锦城，即锦官城，见前李商隐《筹笔驿》诗"锦里"注。这首七言古诗也是乐府体歌曲，写成都的风物和思乡的感情。

注 释

〔蜀山攒黛留晴雪〕蜀山，即指岷、峨二山。黛，青色颜料用以画眉。攒黛，眉攒聚而不开。形容山岭重叠。留晴雪，岷、峨二山积雪到春夏不化。

〔簝笋蕨芽萦九折〕簝笋，当是簝竹之笋。"簝竹"见李贺《长平箭头歌》注释。蕨，多年生草本，嫩叶可食。九折阪在邛崃山（今四川荥经西）。萦，说绕阪而生。

〔剪霞绡〕霞绡，彩色的缯帛。似指云彩。

〔花上千枝杜鹃血〕杜鹃一名子规，传说夜啼至明，血染草木。

〔夜叫思归山月中〕杜鹃鸣声凄厉，似言"不如归去"，能动旅客归思。山月中，指岷、峨山月光影中。

〔巴水漾情〕汉巴郡治江州，在巴水北，即北府城，后迁南城。即今重庆江北区。巴水有二源，即宕水、诺水，合流至巴中县汇南江水为巴江。漾情，荡漾人的感情。

〔文君织得春机红〕锦城以织锦著称，这里用"文君"代表蜀中织女。机，织具。

〔怨魄未归芳草死〕传说望帝杜宇死于西山，魂化为鸟，即杜鹃。杜鹃鸣而百草不芳。

〔相思子〕即红豆，一名相思豆，本生南国，以闽中最著，说锦江边也学种，寓相思之意。

〔望乡人〕成都城北有望乡台，隋朝蜀王秀所筑，这里"望乡人"泛指客寓的人。

〔白帝荒城五千里〕白帝城在夔州，汉朝公孙述所据。左思《蜀都赋》："跨蹑犍牂（犍为、牂柯二郡），枕倚交趾，经途所亘，五千余里。"极言蜀地广远。

菩萨蛮五首

韦 庄

一

红楼别夜堪惆怅,香灯半卷流苏帐。

残月出门时,美人和泪辞。

琵琶金翠羽,弦上黄莺语。

劝我早归家,绿窗人似花。

二

人人尽说江南好,游人只合江南老。

春水碧于天,画船听雨眠。

垆边人似月,皓腕凝双雪。

未老莫还乡,还乡须断肠。

三

如今却忆江南乐,当时年少春衫薄。

骑马倚斜桥,酒楼红袖招。

翠屏金屈曲,醉入花丛宿。

此度见花枝,白头誓不归。

四

劝君今夜须沈醉,尊前莫话明朝事。

珍重主人心,酒深情亦深。

须愁春漏短,莫诉金杯满。

遇酒且呵呵,人生能几何?

五

洛阳城里春光好,洛阳才子他乡老。

柳暗魏王堤,此时心转迷。

桃花春水渌,水上鸳鸯浴。

凝恨对残晖,忆君君不知。

|作者简介|

韦庄,字端己,我国晚唐时代的有名诗人。生于文宗开成元年(836年)。京兆杜陵(今陕西西安南)人。他在昭宗乾宁元年(894年)中进士,授校书郎,转补阙。李询为两川宣谕和协使,辟为判官。后依王建,前蜀开国,为吏部侍郎同平章事。梁太祖开平四年(前蜀王建武成三年,公元910年)死。韦庄能诗词,他的长诗《秦妇吟》很有名。因他曾于杜甫浣花故居遗址重做草堂居住,其弟韦蔼编订他的诗也名为《浣花集》。

|题 解|

菩萨蛮,词牌名。唐朝教坊曲名。宣宗大中初年,女蛮国入贡,危髻金冠,璎珞被体,号菩萨蛮队,当时伶人便作菩萨蛮曲。唐宣宗爱唱菩萨蛮词,令狐绚叫温庭筠新作进呈。韦庄这五首菩萨蛮,是他在成都作的怀乡词,侧面反映出当时中原的战乱。

|注 释|

〔堪惆怅〕可悲哀。

〔流苏帐〕以五彩羽为饰之帐。

〔和泪辞〕带泪而别。

〔琵琶金翠羽〕琵琶,乐器。上饰以金翠鸟羽。

〔弦上黄莺语〕说琵琶弦上所发出的乐音像黄莺的言语。

〔绿窗〕绿纱窗。

〔只合〕只应。

〔画船〕游船多彩漆雕画。

〔垆边人似月二句〕参前李商隐《杜工部蜀中离席》"当垆"句注。似月,像月的皎洁。皓腕,犹玉臂。凝双雪,即双凝雪。朱彝尊《词综》"垆"作"炉"。又"凝双雪"作"凝霜雪",似优。

〔未老莫还乡二句〕这里退步说游人还没有老,更不必还乡,还乡后见乱离之景,必然会难过的。

〔翠屏金屈曲〕翠屏,绿玉色的屏风。梁简文帝《乌栖曲四首》之四:"织成屏风金屈膝。"屈曲即屈膝,也叫屈戍,环纽相勾连可使屏风开阖。

〔春漏短〕漏,漏刻,古代计时用器。春漏短,说春天夜晚较冬天为短。

〔呵呵〕笑,音词。

〔洛阳才子〕潘岳《西征赋》:"贾生,洛阳之才子。"西汉贾谊曾谪长沙。作者用以自喻。

〔柳暗魏王堤〕白居易有《魏王堤》诗:"柳条无力魏王堤。"魏王堤在洛阳城南洛水上,斗门亭与津桥间。"魏王"指唐朝魏王泰,洛水溢为池,太宗以赐魏王泰。

〔此时心转迷〕想起故乡,心绪转乱。

〔春水渌〕春水清。渌音录。

〔残晖〕夕阳。《词综》作斜晖。

荷叶杯二首

韦 庄

一

绝代佳人难得,倾国。

花下见无期,一双愁黛远山眉,不忍更思惟。

闲掩翠屏金凤,残梦。

罗幕画堂空,碧天无路信难通,惆怅旧房栊。

二

记得那年花下,深夜。

初识谢娘时,水堂西面画帘垂,携手暗相期。

惆怅晓莺残月,相别。

从此隔音尘,如今俱是异乡人,相见更无因。

| 题　解 |

荷叶杯，词牌名。本为唐朝教坊曲名，取名来源于隋朝殷英童《采莲曲》："莲叶捧成杯。"这词有单调双调两种，这里的两首是双调。据《古今词话》，韦庄有宠姬貌美，能诗词，蜀主王建借口要她教宫女，强行夺去，韦庄追念悲伤，作这词和《小重山·一闭昭阳春又春》，传诵于时，姬闻其词，便不食而死。

| 注　释 |

〔绝代佳人难得，倾国〕汉武帝时，李延年歌唱道："北方有佳人，绝世而独立，一顾倾人城，再顾倾人国，宁不知倾城与倾国，佳人难再得。"指其妹李夫人。韦庄用以写他的爱姬。

〔一双愁黛远山眉〕愁黛，犹攒黛，见前温庭筠《锦城曲》注。远山眉，卓文君眉色如望远山，见《西京杂记》。

〔思惟〕思念。

〔闲掩翠屏金凤〕掩，关阖。翠屏，见上篇注。金凤，指屏风上的画饰。

〔罗幕画堂空〕罗，绮罗。幕，帷幕。画堂，以彩画为饰，不同于寻常之室。

〔**惆怅旧房栊**〕惆怅，伤悲。房栊，窗棂。

〔**记得那年花下**〕"下"字与下句"夜"字押韵，借上声作去声。

〔**谢娘**〕东晋时谢奕女道韫，有才能诗。唐韩翃《送李舍人携家归江东觐省》诗："承颜陆郎（瑜，陈朝人）去，携手谢娘归。"韦庄所识之女也有才华，所以称"谢娘"。

〔**画帘**〕帘上有绘画的。窗门上的帷幔。

〔**相期**〕相约。

〔**隔音尘**〕谢庄《月赋》："美人迈兮音尘阙，隔千里兮共明月。"说音信不通，因而隔绝。

〔**无因**〕无由，无从。

洞仙歌　并序

苏　轼

余七岁时，见眉山老尼，姓朱，忘其名，年九十岁。自言：尝随其师入蜀主孟昶宫中，一日，大热，蜀主与花蕊夫人夜纳凉摩诃池上，作一词，朱具能记之。今四十年，朱已死久矣，人无知此词者，但记其首两句，暇日寻味，岂洞仙歌令乎，乃为足之云。

冰肌玉骨，自清凉无汗。
水殿风来暗香满。
绣帘开，一点明月窥人，
人未寝，欹枕钗横鬓乱。
起来携素手，庭户无声，
时见疏星渡河汉。

试问夜如何?夜已三更,

金波淡,玉绳低转。

但屈指西风几时来?

又不道流年暗中偷换。

|作者简介|

苏轼,字子瞻,号东坡居士,我国北宋时代著名的文学家。散文雄浑奔放,诗也清新俊逸,词与辛弃疾并称"苏辛",属豪放一派。仁宗景祐三年(1036年)生。眉州眉山(今四川眉山)人。嘉祐时中进士。神宗时因不赞成王安石变法,贬谪黄州(今湖北黄冈)。哲宗时为翰林学士,出知杭州。官至礼部尚书。后又贬谪惠州、儋州。徽宗建中靖国元年(1101年)北还途中死于常州。

|题 解|

洞仙歌,词牌名。唐朝教坊曲名。本调有令词、慢词之分,苏轼所填这词是令词常用体。道家说神仙所居在名山洞府,故称洞仙。

|注 释|

〔**蜀主与花蕊夫人**〕蜀主指孟昶,后蜀主孟知祥之子。继位后生活奢侈,宋师伐蜀,昶军败降,封秦国公,死于开封。昶音畅。据吴曾《能改齐漫录》,花蕊夫人,徐匡璋女,说她像花蕊之轻,又号慧妃。一说姓

费氏，青城人。

〔摩诃池〕在成都城内，隋朝蜀王秀筑广子城（少城），取土之地成池，一僧人说："摩诃宫毗罗。"摩诃为大，宫毗罗为龙，说这池广大有龙，因名摩诃池。诃，音呵。明朝时填平。

〔作一词，朱具能记之〕作一首词，朱尼完全能记得。按词已佚，宋赵闻礼《阳春白雪》说蜀帅谢元明于摩诃池得石刻见全词，恐为托。

〔但记〕只记得。

〔暇日寻味〕空闲日探寻体会。

〔乃为足之云〕便替增补完整。云，语尾词。

〔欹枕钗横鬓乱〕欹，不正。钗，妇女首饰。鬓，面旁之发，音摈。

〔素手〕肤色白，叫素手。

〔庭户无声〕形容夜静。

〔疏星渡河汉〕疏星，稀疏的星宿。河汉，天河。

〔金波淡，玉绳低转〕金波，形容月光。玉绳，星名。

〔但屈指西风几时来〕只屈指计算秋风何时吹来，这句表现避暑的意思。

〔流年〕岁月如流，所以叫流年。

剑门道中遇微雨

陆 游

衣上征尘杂酒痕,远游无处不销魂。
此身合是诗人未?细雨骑驴入剑门。

·诗词若干首·

作者简介

陆游，字务观，别号放翁，我国南宋时代著名的爱国诗人。生于北宋徽宗宣和七年（1125年）。越州山阴（今浙江绍兴）人。南宋孝宗时赐进士出身。迁枢密院编修官。后为夔州通判。又到川陕宣抚使王炎幕为干办公事（在陕西汉中）。后到四川蜀州、嘉州、荣州（今崇州、乐山、荣县）为官。后又为四川制置使范成大幕参议（在成都）。他在川陕抗金前线写下不少爱国篇章。光宗时进宝章阁待制，致仕（退休）。因爱蜀中风土，题他的诗集名为《剑南诗稿》。也能作词。死于宁宗嘉定三年（1210年），临终《示儿》遗诗不忘中原失土未收。

题 解

这是陆游在孝宗乾道八年（1172年）冬天从兴元府（今陕西汉中）到成都入剑门关时所作。

注 释

〔衣上征尘杂酒痕〕衣上沾着行途中的尘土，还杂着送别时的酒渍。

〔**远游无处不销魂**〕江淹《别赋》:"黯然销魂者,唯别而已矣。"悲伤失魂,说远游处处都带离别的感情。

〔**此身合是诗人未二句**〕杜甫《奉赠韦左丞丈》诗:"骑驴十三载,旅食京华春。"李白、贾岛等也曾骑驴。又《古今诗话》:"相国郑綮善诗,或曰:相国近为新诗否?对曰:诗思在灞桥风雪中驴子上,此处何以得之?"雨中骑驴而行,本有诗意,问自己应否是诗人,就带有无可奈何的意味,结合前两句,言外有抗金收复失地的志愿不能得偿的意思。

成都书事

陆 游

剑南山水尽清晖,濯锦江边天下稀。
烟柳不遮楼角断,风花时傍马头飞。
芼羹笋似稽山美,斫脍鱼如笠泽肥。
客报城西有园卖,老夫白首欲忘归。

题 解

李商隐有《汉南书事》诗。陆游诗集中多有"书事"题名，与"书怀"微有不同，侧重在记事。这诗所书之事为客报成都城西有园出卖，他想长住不归。孝宗淳熙二年乙未（1175年），他初在范成大幕中任参议时所作。

注 释

〔**剑南**〕剑门关以南，指蜀中地。唐行政区划有剑南道。

〔**濯锦江**〕见前李商隐《筹笔驿》诗"锦里"注。

〔**烟柳不遮楼角断二句**〕记述锦江风物的繁盛。除花柳外，上句写楼阁之多，下句写车马之速。

〔**芼羹笋似稽山美二句**〕芼，菜，音帽。用菜杂肉为羹。"芼羹笋"是说用笋当芼加肉作羹，"芼"作动词用，与下"斫脍鱼"相对。稽山，会稽山，在今浙江绍兴，陆游的故乡。晋朝张翰，在洛阳为齐王冏大司马东曹掾，因秋风起，思吴中菰菜、莼羹、鲈鱼脍，便归家乡。这里暗用其事，却是不想归乡。斫，砍击，音卓。脍，细切肉，音侩。笠泽，松江的别名，在上海西南，以产四鳃鲈鱼著名。这两句表现陆游对成都物产的欣赏，不下于对他的家乡。

归次汉中境上

陆 游

云栈屏山阅月游,马蹄初喜蹋梁州。
地连秦雍川原壮,水下荆扬日夜流。
遗虏孱孱宁远略,孤臣耿耿独私忧。
良时恐作他年恨,大散关头又一秋。

题 解

这是孝宗乾道七年（1171年）冬天陆游从阆州（今四川阆中）、利州（今四川广元）办完公事回到汉中写的。次，止宿。境上，界内。

注 释

〔**云栈屏山阅月游**〕连云栈在陕西褒城北。锦屏山在四川阆中南。阅月，经过一月。

〔**蹋梁州**〕蹋，也作踏。梁州在汉中。

〔**秦雍**〕唐、宋京兆府京兆郡，本雍州，今陕西西安一带。

〔**水下荆扬**〕汉水经荆州（今湖北）、扬州（今江苏等地）东流。

〔**遗虏孱孱宁远略**〕遗虏，余虏，指金兵。孱，音潺，孱孱，力弱的样子，是说的遗虏。敌弱却不可忽。宁远略，说朝廷不灭余虏，岂是远谋。

〔**孤臣耿耿独私忧**〕孤臣，陆游自谓。耿耿，不安。私忧，私自忧虑。

〔**良时恐作他年恨**〕良时，良好的时机，指当时说。他年，指未来。说此时不灭敌人，恐成未来遗恨的事。

〔**大散关头又一秋**〕大散关,在陕西宝鸡西南大散岭上,为秦蜀往来要道。又一秋,又一年。盼望收复失地的焦急心情,跃然纸上。

楼上醉书

陆　游

丈夫不虚生世间，本意灭虏收河山。
岂知蹭蹬不称意，八年梁益凋朱颜。
三更抚枕忽大叫，梦中夺得松亭关。
中原机会嗟屡失，明日茵席留余潸。
益州官楼酒如海，我来解旗论日买。
酒酣博簺为欢娱，信手枭卢喝成采。
牛背烂烂电目光，狂杀自谓元非狂。
故都九庙臣敢忘？祖宗神灵在帝旁。

|| 题　解 |

　　这个楼，是酒楼，即诗中说的"益州官楼"。陆游在成都时出饮酒，因为当时朝廷对敌作战不力，他感到很愤慨，只能借酒浇胸中块垒，而写下了这些可贵的爱国诗篇。这是一首七言古诗，作于孝宗淳熙四年（1177年）春。

|| 注　释 |

　　〔**岂知蹭蹬不称意**〕岂知，哪知。蹭蹬，失势的样子。称意，合意，如意。

　　〔**八年梁益凋朱颜**〕梁益二州，今陕西汉中和四川成都等地。陆游自乾道六年（1170年）入蜀，至淳熙四年（1177年）共八年。凋朱颜，见前李白《蜀道难》诗注。

　　〔**松亭关**〕在河北迁安西北，为金人控御要地。

　　〔**明日茵席留余潸**〕明日，指梦后次日。茵席，褥席。潸，流涕。余潸，说余泪。潸，音删。

　　〔**益州官楼酒如海**〕益州，成都。官坊卖酒，称官楼。酒如海，储酒很多。

　　〔**我来解旗论日买**〕解，解识。旗，酒楼旗帜，即帘。这句说认清酒帘,按日来买酒。

〔**博簺**〕古时局戏以赌胜负。

〔**信手枭卢喝成采**〕五木戏五子都现黑,名为卢,为最高的采,此下为雉、枭、犍。以后骰子即由这变化而来,么为枭,六为卢。信手,随手。

〔**故都九庙臣敢忘**〕故都指开封。九庙,皇帝的宗庙。臣,陆游自称。

秋晚登城北门

陆 游

幅巾藜杖北城头,卷地西风满眼愁。
一点烽传散关信,两行雁带杜陵秋。
山河兴废供搔首,身世安危入倚楼。
横槊赋诗非复昔,梦魂犹绕古梁州。

题　解

城北门，即成都城北门。这是陆游在淳熙四年（1177年）秋末所作关怀抗金前线的诗。

注　释

〔**幅巾藜杖**〕幅巾，用缯全幅束头，即不着冠。藜杖，见前杜甫《白帝城最高楼》诗注。

〔**一点烽传散关信二句**〕古代边境有警举烽。陆游在梁州时曾亲见。散关即大散关。上句说战讯犹传。秋日北雁南迁。杜陵在长安城南，诗人用下句表示对失地的怀念。

〔**供搔首**〕使人烦急。搔首，用手抓头。

〔**倚楼**〕依楼。倚音椅。

〔**横槊赋诗非复昔**〕槊，矛长丈八叫槊。苏轼《前赤壁赋》说曹操"酾酒临江，横槊赋诗，固一世之雄也"。非复昔，不再像从前。

渔家傲　寄仲高

陆　游

东望山阴何处是？往来一万三千里。
写得家书空满纸，流清泪。书回已是明年事。
寄语红桥桥下水，扁舟何日寻兄弟？
行遍天涯真老矣，愁无寐。鬓丝几缕茶烟里。

题 解

渔家傲，词牌名。可能创调于晏殊，他所作此调词有十三首，第一首有"神仙一曲渔家傲"之句。本首当为陆游在蜀中所作的怀乡词。仲高即陆升之，与兄静之（字伯山）以文章有名，号"二陆"，都是陆游从兄。

注 释

〔**家书**〕家信。

〔**寄语红桥桥下水**〕寄语，传语。红桥在山阴（今浙江绍兴）。陆游回家乡后有《小舟自红桥之南过吉泽归三山》诗。

〔**扁舟何日寻兄弟**〕扁舟，小舟。扁音篇。兄弟指陆沅、陆洸，静之、升之（都是他的从兄）等。

〔**天涯**〕见前王勃《杜少府之任蜀州》诗注。都特对蜀中边远之地而言。

诉衷情

陆 游

当年万里觅封侯，匹马戍梁州；
关河梦断何处，尘暗旧貂裘。
胡未灭，鬓先秋，泪空流；
此生谁料，心在天山，身老沧洲。

题　解

诉衷情，词牌名。本唐朝教坊曲名。也有单双调之分，本首是双调。这是陆游晚年在故乡绍兴所作关怀国家前途的词。

注　释

〔**觅封侯**〕求得立功边地以封侯爵。

〔**戍梁州**〕戍，戍守。指陆游在川陕宣抚使王炎幕中襄理公务。

〔**关河梦断何处**〕关河，关塞山河。指边疆战守之地。梦断何处，如梦断绝，更在何地？

〔**尘暗旧貂裘**〕说征尘污染了衣裳。用战国时苏秦游说秦惠王不用，黑貂裘破烂了的典故，说明自己功业未成。

〔**胡未灭三句**〕胡，指金人。"鬓先秋"二句说自己。秋，秋霜色白，比白发。

〔**此生谁料三句**〕此生谁料，指过去没有预料到今天。天山，在新疆，用以代表边疆前线。沧洲，水边地，称隐士所居。陆游晚年居于绍兴镜湖边的三山。

谢池春

陆 游

壮岁从戎,曾是气吞残虏。

阵云高、狼烽夜举。

朱颜青鬓,拥雕戈西戍。

笑儒冠、自来多误。

功名梦断,却泛扁舟吴楚。

漫悲歌,伤怀吊古。

烟波无际,望秦关何处?叹流年又成虚度。

题 解

谢池春,词牌名。可能由谢灵运《登池上楼》诗的"池塘生春草"句取名。陆游共填了这个调子三首,是他70岁时在山阴所作(最后一首说"七十衰翁,不减少年豪气")的爱国词章。

注 释

〔**壮岁从戎**〕壮岁,壮年。从戎,从军。指乾道七年(1171年)陆游到王炎幕中任职。时年47岁。

〔**阵云高、狼烽夜举**〕《史记·天官书》:"阵云如立垣。"说阵营上云气很高。狼烽,古时举烽燧用狼粪烧烟,直上而风吹不斜。

〔**朱颜青鬓三句**〕朱颜青鬓,红颜黑发,说年轻时。雕戈,有刻镂纹的戈(戈,武器名,平头戟)。戍,戍守。笑儒冠、自来多误,用杜甫《奉赠韦左丞丈》诗:"儒冠多误身。"后两句即杨炯《从军行》说的"宁为百夫长,胜作一书生"的意思,陆游《成都大阅》诗说:"属櫜缚裤无多恨,久矣儒冠误此身。"

〔**却泛扁舟吴楚**〕只乘小舟行于吴楚江湖之间,指离开川陕东归。

〔**吊古**〕凭吊古迹。

〔**秦关**〕骆宾王《帝京篇》:"秦塞重关一百二。"这里"望秦关何处"指散关说。

〔**叹流年又成虚度**〕流年见前苏轼《洞仙歌》注。虚度,空自度过。

「明朝人写的有关四川的一些诗」

诗若干首

（咏朝人写的有关の川の一些诗。
其中为咏曹操一首，刃關の川，放
在咏刘备一首之後，因连类而及。）

毛主席手书
1958年4月20日

长江万里图

杨 基

我家岷山更西住,正见岷江发源处。
三巴春霁雪初消,百折千回向东去。
江水东流万里长,人今漂泊尚他乡。
烟波草色时牵恨,风雨猿声欲断肠。

作者简介

杨基,字孟载,祖籍蜀嘉州(今乐山一带),生于吴(今苏州)。明朝初年为荥阳(今河南荥阳)知县,后为兵部员外郎,出为山西按察使。后被谗夺职供役,死于工所。早年杨维桢(铁崖)很赏识他的诗歌。与高启、张羽、徐贲被称为"吴中四杰"。

题 解

长江自青海发源到入海共6300余千米。明朝末年徐宏祖(霞客)才发现金沙江为长江上游,杨基也误以岷江为长江上游。这可能是一首题画的七言古诗,杨慎也写过一首同题的七言长律。

注 释

〔我家岷山更西住二句〕明朝嘉州所管各县都在岷山之南,因为作诗时诗人在长江下游,岷山在西,说"更西"表示极远。说"正见岷江发源处",也不外说岷江上游。

〔三巴春霁雪初消〕汉末刘璋改永宁郡(今重庆市巴南区以东至忠县)为巴郡,以固陵(云阳、奉节等县）为巴东郡，以阆中为巴西郡，叫作"三巴"。谯周《三巴记》："阆、白二水合流，自汉中至始宁（巴中）城下入涪陵，曲折三回，有如巴字。亦曰巴江。"雨雪停止都叫"霁"。

〔漂泊尚他乡〕漂泊，同飘泊，流寓失所。尚，还在。他乡，异乡。

〔烟波草色时牵恨〕江上有水汽，所以称为"烟波"。这句说江上景物时时引动人的恨事，即上句说的漂泊异乡。

〔风雨猿声欲断肠〕三峡两岸猿声在风雨中听来令人悲伤。

读贾谊王粲传

李延兴

白发悲王粲,青春羡贾生。

万言辞慷慨,一赋气峥嵘。

吊屈心犹壮,依刘恨未平。

怀贤坐长夜,耿耿若为情。

|作者简介|

李延兴，字继本，东安（今河北安次西北）人。元顺帝时中进士，为太常奉礼兼翰林检讨。后辞官设教。明朝初年典涞水（今河北涞水）县学。

|题　解|

贾谊，西汉文帝时人，《史记》《汉书》都有《贾谊传》。王粲，东汉末年人，《魏志》有《王粲传》。两人都是著名文学家。

|注　释|

〔**白发悲王粲**〕王粲在长安时，献帝任其为黄门侍郎，因政治混乱，不肯就任，便到荆州避乱。这句作者说自己年老而悲王粲的遭遇，表示元朝末年政治也很混乱，自己的遭遇也相同。

〔**青春羡贾生**〕贾谊，年十八能诵诗书、属文。后河南守吴公入朝为廷尉，荐贾谊，文帝用为博士，年才二十多岁。迁太中大夫，将以为公卿。周勃、灌婴等向文帝毁谤他，便贬谪为长沙王太傅。后再召问鬼神之事。又为梁怀王太傅。死时年仅33岁。所以说"青春羡贾生"。士人称"生"。

〔万言辞慷慨〕贾谊有《陈政事疏》《治安策》等,辞气慷慨。所上疏数篇近一万字。这句承上句。

〔一赋气峥嵘〕王粲到荆州,登当阳城楼,作《登楼赋》,内容是伤乱、思归,结尾有句说"气交愤于胸臆",吕延济注:"弥增愤气满于胸臆也。"气峥嵘,即说愤气满于胸中。峥嵘,山势高峻或深远的样子,引申为弥增和充满。陆游《冬夜独酌》诗:"物外虽增新跌宕,胸中未洗旧峥嵘。"又《独饮醉卧比觉已夜半矣戏作此诗》:"醉著面颜惊少壮,浇余胸次失峥嵘。"也即此意。这句承首句。

〔吊屈心犹壮〕贾谊到长沙,作赋吊屈原,有句说:"瞰九州而相君兮,何必怀此都也?凤皇翔于千仞之上兮,览德辉而下之。""彼寻常之污渎兮,岂能容吞舟之鱼?"这句又承二、三句来。

〔依刘恨未平〕王粲到荆州,依荆州牧刘表。刘表见王粲貌不出众,短小体弱,为人又放旷不拘,便不是很重视他,刘表死后,王粲劝刘表幼子刘琮投降曹操。恨未平,心中有恨事感到不平,不满于刘表的怠慢。

〔怀贤〕怀念贾、王二人,都是贤才。

〔耿耿若为情〕耿耿,不安。若,犹怎、那。"为情"连读。若为情,怎样为情,即难以为情的意思。

宿金沙江

杨 慎

往年曾向嘉陵宿,驿楼东畔阑干曲。
江声彻夜搅离愁,月色中天照幽独。
岂意飘零瘴海头,嘉陵回首转悠悠。
江声月色那堪说,肠断金沙万里楼。

作者简介

杨慎,字用修,成都府新都县(今成都新都区)人。生于明孝宗弘治元年(1488年)。武宗时殿试第一,授翰林修撰,世宗初上疏议大礼,被廷杖,谪戍云南永昌卫(今云南保山)。投荒三十多年,世宗嘉靖三十八年(1559年)死于戍所。杨慎能诗,很得李东阳嘉许。投荒多暇,于书无所不览,记闻广博,著述丰富,实冠于明代。

题 解

金沙江,长江上游,由四川西部流入云南北部,再东北流至四川宜宾与岷江汇合。这诗是杨慎谪戍云南途经金沙江边宿于驿楼时作。杨慎《升庵外集》卷三《渡泸辩》:"泸水,乃今之金沙江(按:当为金沙江支流雅砻江),即黑水也。今之金沙江,在滇蜀之交,一在武定府元江驿……"今元谋县北有镇名金沙江,在龙川江入金沙江口东南,或即其地。这和下面三首都是歌行体的古诗。

注 释

〔嘉陵〕嘉陵江出陕西凤县东北,与西汉水汇合,入四川省境。嘉陵驿即问津驿,在今广元市西一里,传说诸葛亮出师在此问津。

〔驿楼〕即驿亭,古代驿传有亭,行旅止息于此。阑干,也作栏杆,用以遮阑庭院走廊。曲,转折。

〔**江声彻夜搅离愁二句**〕彻夜,通夜。搅离愁,搅动离别愁绪。中天,天中处,指半夜月高时。幽独,杨慎自谓。

〔瘴海〕云南有洱海,其地多瘴气,所以叫瘴海。据《永昌郡传》,郡东北八十里泸仓津有瘴气,人遇之则闷乱,中树枝则折。《十道志》说,越巂有泸水,四时多瘴气,中人常闷绝,唯五月无害。金沙江在其间,也有烟岚瘴气。

〔**嘉陵回首转悠悠**〕像贾岛《渡桑干》(一作刘皂《旅次朔方》)诗的"客舍并州已十霜,归心日夜忆咸阳,无端更渡桑干水,却望并州是故乡"一样,说回顾嘉陵江却又很悠远了。悠悠,同攸攸,邈远的样子。

〔**江声月色那堪说二句**〕对自己的远谪很感悲痛。

三岔驿

杨 慎

三岔驿,十字路,北去南来几朝暮?
朝见扬扬拥盖来,暮看寂寂回车去。
今古销沉名利中,短亭流水长亭树。

题 解

三岔驿，在陕西凤县南五十里。又云南沾益白水驿一名三岔路，杨慎所写或此。这首七言古诗，开始用两句三言，是变体。作者称它为长短句。这首行旅诗主要是借以反映封建社会官吏政治上的得失变化的。

注 释

〔几朝暮〕问几个早晚。

〔朝见扬扬拥盖来二句〕扬扬，得意的样子。盖，这里说的车盖。拥，掩蔽。看，读平声。寂寂，落寞。两句说早上见得意乘车而来，晚上看失意回车而去。"朝""暮"极言变化很快。

〔今古销沉名利中〕"今古"实说今古的人。销沉，销灭沉没。

〔短亭流水长亭树〕十里一长亭，五里一短亭。古代用为送别之词。这句说只见分别地的流水长流，树木依旧罢了。树，应指柳树，古人离别折柳为赠。

锦津舟中对酒别刘善充

杨 慎

锦江烟水星桥渡,惜别愁攀江上树。
青青杨柳故乡遥,渺渺征人大荒去。
苏武匈奴十九年,谁传书札上林边。
北风胡马南枝鸟,肠断当筵蜀国弦。

|| 题　解 |

锦津，锦江渡口。明朝曹学佺《蜀中名胜记》卷二："宋吕大防《合江亭记》云：'……沱旧循南湟，与江并流以东，唐高骈斥广其秒，遂塞縻枣故渎，始凿新渠，缭出府城之北，然犹合于旧渚。旧渚者合江故亭，唐人宴饯之地。……'按：即今之锦官驿矣。"其地在今成都东门外安顺桥头，俗称南河口。又："薛涛井旧名玉女津，在锦江南岸。"今望江楼。这里说的锦津，当指玉女津。杨慎将赴戍地，友人刘善充送他，他便作这首别诗。另有《招刘善充》一诗，刘善充，不详其人。

|| 注　释 |

〔锦江烟水星桥渡〕烟水，犹烟波，说江上水汽。星桥，原成都西南两江上有七星桥：直西门冲治桥、西南石牛门市桥、城南江桥（今城内，故渎上）、南渡锦江上万里桥（今南门大桥）、西上夷里桥、上笮桥、冲治桥西出折为长升桥。传说是李冰所造，上应七星，故名。

〔惜别愁攀江上树二句〕古代习俗折柳枝赠别，"江上树"也指杨柳。遥，远。

〔渺渺征人大荒去〕征人，行者，杨慎自称。大荒邈远，指云南戍所。

〔苏武匈奴十九年二句〕苏武出使匈奴不降，十九年才得回朝。匈奴本假称苏武已死，苏武属吏常惠教后来汉使，对匈奴单于说："汉帝在上林苑射雁，雁足系有帛书，称苏武还在某泽中，单于便承认苏武实没有死，并让他回汉朝。"杨慎这两句用这个典故，说自己外贬多年，却没有人替他传书信于朝廷，让他得以回朝。札，木简。

〔北风胡马南枝鸟〕《古诗十九首》："胡马依北风，越鸟巢南枝。"意思是鸟兽都思念故乡，用以自比。

〔当筵蜀国弦〕当筵，在筵席上。蜀国弦，乐府相和歌辞四弦曲名。和《蜀道难》相似，写蜀道铜梁玉垒的险阻。

送余学官归罗江

杨 慎

豆子山,打瓦鼓,
阳坪关,撒白雨。
白雨下,娶龙女,
织得绢,二丈五。
一半属罗江,一半属玄武。
我诵绵州歌,思乡心独苦,
送君归,罗江浦。

题 解

绵州罗江县，今四川德阳市罗江县。杨慎有《九厓草堂歌为督学余公赋》一诗，知余号九厓，为云南督学。罗江人。

注 释

〔**豆子山，打瓦鼓**〕豆子山，在四川罗江县东北，交中江县界（据《罗江县志》，"东北"或当作东南）。瓦鼓，本炮土之鼓。打瓦鼓，似说风吹山石。

〔**阳坪关，撒白雨**〕阳坪关，在四川中江县西北三十里，旧志称阳平镇。"坪"一作平。南卓《羯鼓录》：唐朝宋璟说打羯鼓"头如青山峰，手如白雨点"。山峰取不动，雨点取碎争。撒白雨，雨点很大。

〔**白雨下，娶龙女**〕这是说雨下后江水涨了，龙神的女儿来临，有人与她结婚。元杂剧《张羽煮海》写张羽与龙女琼莲相婚事，恐是由这首古巴歌传说敷衍而来。

〔**织得绢，二丈五**〕龙女织绢，绢每匹四丈，这里说"二丈五"，为了押韵的缘故，《明诗综》作三丈五。用绢比河流。

〔一半属罗江，一半属玄武〕古代罗江县与中江县间河道可通舟楫，这两句就是说的两县平分水利。北周玄武郡伍城县，隋改为玄武县（玄武，山名），即今中江县。

〔我诵绵州歌〕以上十句即是绵州歌，旧称巴歌（唐天宝初方改绵州为巴西郡，沈德潜《古诗源》归于晋乐府，恐误）。罗江属绵州。

〔罗江浦〕浦，水边。旧罗江县在罗江西岸约半里。罗江有二源，涪水与安昌水（即泞江与灉水）至县北寺前合流，蹙成罗纹，所以叫罗江，也叫纹江。

春兴二首

杨 慎

一

最高楼上俯晴川，万里登临绝塞边。

碣石东浮三绛色，秀峰西合点苍烟。

天涯游子悬双泪，海畔孤臣谪九年。

虚拟短衣随李广，汉家无事勒燕然。

二

天上风云此际多，山中日月竟如何？

争传鸣凤巢阿阁，又见飞鸿出罻罗。

宣室鬼神思贾谊，中原将帅用廉颇。

难教迟暮从招隐，拟把生涯学醉歌。

题　解

春兴，春日遣兴。杜甫有《秋兴八首》。杜晚年在湖南时，郭受有诗问他："春兴不知凡几首？衡阳纸价定能高。"这是杨慎在云南永昌卫戍所时作。原为八首，这里选的是第一、第八首。

注　释

〔**最高楼上俯晴川**〕最高楼上，指永昌城楼上。《徐霞客游记》说永昌"会真楼高爽，可尽收一川阴晴"。"晴川"指永昌上河水、下河水，流入潞江（即怒江）。在城楼可以俯见。《升庵集》"最高"作遥岑。遥岑楼在安宁市东，今云南安宁，南有螳螂川，西有安宁河。

〔**万里登临绝塞边**〕明朝都北京，北京到云南永昌卫近万里。登临，登山临水，登城楼也可叫登临。绝塞，绝远的边塞。

〔**碣石东浮三绛色**〕碣石，海畔山名，这里是泛指。三绛在越嶲郡，今四川会理东南，金沙江东岸，可能借以写滇中的景色。杨慎《滇载记》：南诏异牟寻以绛云露山（一名云龙山，在今云南禄劝东北）为东岳，点苍山为中岳。或者是指这说的。三绛，本县名，这里借用与下句"点苍"相对。

〔**秀峰西合点苍烟**〕云南大理西点苍山,一名灵鹫山,有十九峰,苍翠如玉,盘亘三百多里,以产大理石著名。烟,云烟。

〔**天涯游子悬双泪二句**〕意分两层,都是杨慎就自己说,不仅游客思乡,而且谪臣怀念故都,下句更深一层。唐朝刘禹锡有《谪九年赋》。

〔**虚拟短衣随李广**〕虚拟,空自打算。杜甫《曲江三章》之三:"短衣匹马随李广,看射猛虎终残年。"短衣便事,不同于儒服。李广,西汉名将,善战,称"飞将军"。这和下句连续,就与杜诗的意思不一样,是说自己想从军远征,空抱壮志。

〔**汉家无事勒燕然**〕汉家,汉朝朝廷。王勃《采莲赋》:"于时蓟北无事。"无事,说没有变故,国家安宁。燕然,山名。东汉时窦宪破北单于,登燕然山,刻石纪功而还。班固作铭,有"萧条万里,野无遗寇"等语。燕然山即今蒙古人民共和国杭爱山。勒,刻石。这句即上句"随李广"的目的。

〔**天上风云此际多**〕天上,指朝廷。风云,比喻人才的遇合。此际,指当时。

〔**山中日月竟如何**〕用晋朝王质入山砍柴事,见

《诗词若干首》中刘禹锡《酬乐天扬州初逢席上见赠》诗注。山中，指贬谪地。这句说已久谪，外间变化很大。

〔争传鸣凤巢阿阁〕传说黄帝时，凤凰巢于阿阁，阿，栋，阁有四栋，叫阿阁。这句是说争传祥瑞，暗说人才得用。

〔又见飞鸿出罻罗〕鸿，大鸟，即黄鹄。罗，鸟网。罻，小网。罻罗即网罗。这句说有罪的将得释。

〔宣室鬼神思贾谊〕贾谊谪长沙后，文帝思念他，征召他至京城，贾谊入见，文帝正坐宣室，问鬼神之本，至夜半，前席而听。宣室，未央殿前正室。这句说思召谪臣。谊音义。

〔中原将帅用廉颇〕廉颇，战国时赵国名将。赵王用乐乘代廉颇，颇奔魏。后赵王仍想用廉颇为将，因使者进谗言而罢。后死于楚。颇，平声。这句说再用老将。

〔难教迟暮从招隐二句〕迟暮，指衰年。《楚辞》有《招隐士》一篇，是淮南小山招致山谷隐居之士而作。上句有似杜甫《野望》诗的"惟将迟暮供多病"。这里的两句说当时政治空气虽然比较缓和，可惜自己已是衰年，难于依从招隐之作（实际是他仍然不被赦免），打算学作醉歌来度此生涯罢了。这首的结联比上首的还更悲愤。

武侯庙

杨 慎

剑江春水绿沄沄,五丈原头日又曛。
旧业未能归后主,大星先已落前军。
南阳祠宇空秋草,西蜀关山隔暮云。
正统不惭传万古,莫将成败论三分。

题 解

沈德潜《明诗别裁》说古来武侯庙诗以这首为最好。又有人说是杨慎录元人之作。今陕西沔县东南有武侯庙。

注 释

〔剑江春水绿沄沄〕《水经注》卷二十:"小剑水西南山剑谷,东北流迳其戍下,入清水,清水又东南注白水。"剑江指此。沄沄,水旋转而流。

〔五丈原头日又曛〕五丈原,在陕西眉县西南。蜀后主建兴十二年(234年)春,诸葛亮尽率大军从斜谷(眉县西南)出,据武功五丈原,与司马懿对垒,分兵屯田,为久住之基。相持百多日,八月,亮病死于军。曛,日落时余光。

〔旧业未能归后主〕旧业,指先主所创之业。这句说后主不能继承旧业,承首句来。

〔大星先已落前军〕《晋阳秋》载,有星赤而芒角,自东北向西南流,落于亮营,不久亮死,这是传说附会。前军,前营。这句承次句来。

〔南阳祠宇空秋草〕诸葛亮隐于南阳(今襄阳西隆

中),后人建祠庙纪念他。空秋草,说他已死。

〔**西蜀关山隔暮云**〕仍照应前面一、三句。这和上句寓凭吊怀念之意。

〔**正统不惭传万古二句**〕晋朝习凿齿著《汉晋春秋》,以蜀为正统。这两句是说蜀为汉室之后,应属正统,名传万世,不能以成败评论三国。三分,指魏蜀吴。这诗是元人所作,杨慎录它,也反映了他的封建正统思想,和他议大礼的思想一致。

寄 外

黄 峨

雁飞曾不度衡阳,锦字何由寄永昌?
三春花柳妾薄命,六诏风烟君断肠。
曰归曰归愁岁暮,其雨其雨怨朝阳。
相闻空有刀镮约,何日金鸡下夜郎?

作者简介

黄峨，字秀眉，四川遂宁人，杨慎续娶的妻子。孝宗弘治十一年（1498年）生。杨慎戍滇，黄峨随行。杨慎父廷和死，和杨慎一道奔丧回四川新都。后杨慎独还戍所，黄峨留家中。穆宗隆庆三年（1569年）死。寄杨慎的诗词为人所传诵，王世贞说杨慎答和的诗词都不如黄峨，也不尽然。

题 解

寄外，即寄杨慎，过去女人称自己的丈夫叫外子。

注 释

〔雁飞曾不度衡阳二句〕衡阳有回雁峰，传说雁飞至此而回。又雁足传书，见前杨慎《锦津舟中对酒别刘善充》诗注。这句说书信难通。锦字，前秦窦滔镇襄阳，其妻苏氏（名蕙，字若兰）织锦回文题诗二百余首寄他，他读后很感动，便具车迎苏氏。永昌，杨慎所在之地。"衡阳"与下"朝阳"韵重，《明诗别裁》说或改为"衡湘"。"何由"疑当作无由，因末句有"何"字，不应重用。

〔三春花柳妾薄命〕三春，指孟春、仲春、季春，即旧历正月、二月、三月。花柳易谢落，比喻女子薄命，这是带有封建迷信的说法。妾，古代妇女自己谦称。

〔六诏风烟君断肠〕六诏，西南夷族称王为诏，其先有渠帅六，所以称"六诏"。即蒙舍、蒙嶲、越析、浪穹、邆睒、施浪。在今四川、云南交界地。蒙舍最南，称南诏，五诏都为所并。风烟，犹风云。君，称杨慎。

〔曰归曰归愁岁暮〕《诗·小雅·采薇》："曰归曰归，岁亦莫（暮）止。"本说岁晚才得归。愁岁暮，说岁晚仍不得归乡，这句就杨慎说。

〔其雨其雨怨朝阳〕《诗·国风·卫风·伯兮》："其雨其雨，杲杲日出。"快要下雨，太阳却又出来了。比喻说伯（丈夫的字）将来，却又不来。阮籍《咏怀》诗："其雨怨朝阳。"这句就自己说。这两句诗用前人语很工巧。

〔相闻空有刀镮约〕相闻，互相告知。《明诗综》作相怜。汉昭帝时，霍光等人派任立政到匈奴招还李陵，当着单于的面，任立政不便明说，便目视李陵，并屡次自抚其刀环，表示可还归汉。镮，与还音同，通环。

作者简介

黄峨，字秀眉，四川遂宁人，杨慎续娶的妻子。孝宗弘治十一年（1498年）生。杨慎戍滇，黄峨随行。杨慎父廷和死，和杨慎一道奔丧回四川新都。后杨慎独还戍所，黄峨留家中。穆宗隆庆三年（1569年）死。寄杨慎的诗词为人所传诵，王世贞说杨慎答和的诗词都不如黄峨，也不尽然。

题 解

寄外，即寄杨慎，过去女人称自己的丈夫叫外子。

注 释

〔雁飞曾不度衡阳二句〕衡阳有回雁峰，传说雁飞至此而回。又雁足传书，见前杨慎《锦津舟中对酒别刘善充》诗注。这句说书信难通。锦字，前秦窦滔镇襄阳，其妻苏氏（名蕙，字若兰）织锦回文题诗二百余首寄他，他读后很感动，便具车迎苏氏。永昌，杨慎所在之地。"衡阳"与下"朝阳"韵重，《明诗别裁》说或改为"衡湘"。"何由"疑当作无由，因末句有"何"字，不应重用。

〔三春花柳妾薄命〕三春,指孟春、仲春、季春,即旧历正月、二月、三月。花柳易谢落,比喻女子薄命,这是带有封建迷信的说法。妾,古代妇女自己谦称。

〔六诏风烟君断肠〕六诏,西南夷族称王为诏,其先有渠帅六,所以称"六诏"。即蒙舍、蒙嶲、越析、浪穹、邆睒、施浪。在今四川、云南交界地。蒙舍最南,称南诏,五诏都为所并。风烟,犹风云。君,称杨慎。

〔曰归曰归愁岁暮〕《诗·小雅·采薇》:"曰归曰归,岁亦莫(暮)止。"本说岁晚才得归。愁岁暮,说岁晚仍不得归乡,这句就杨慎说。

〔其雨其雨怨朝阳〕《诗·国风·卫风·伯兮》:"其雨其雨,杲杲日出。"快要下雨,太阳却又出来了。比喻说伯(丈夫的字)将来,却又不来。阮籍《咏怀》诗:"其雨怨朝阳。"这句就自己说。这两句诗用前人语很工巧。

〔相闻空有刀镮约〕相闻,互相告知。《明诗综》作相怜。汉昭帝时,霍光等人派任立政到匈奴招还李陵,当着单于的面,任立政不便明说,便目视李陵,并屡次自抚其刀环,表示可还归汉。镮,与还音同,通环。

〔**何日金鸡下夜郎**〕北齐赦罪日,武库令设金鸡和鼓于阊阖门外,集合囚徒,击鼓千声,开释枷锁。唐朝赦日也树金鸡(竿长七尺,鸡高四尺,黄金饰首)。李白曾流放夜郎(今贵州桐梓东),至巫山得赦。这句说杨慎何日才能遇赦。

从军行寄赠杨用修

皇甫汸

思文际圣君,稽古萃群辟。
子云侍承明,胡为去荒域?
被命事犀渠,差胜下蚕室。
愤志酬八书,荣名重三策。
丁年子卿嗟,皓首仲升泣。
看鸢穷瘴烟,放鸡定何日?
业既违操觚,勋还期裹革。
五月行渡泸,千里望巴国。
泸水向东流,巴云忽西匿。
相思持寸心,愿附双飞翼。

作者简介

皇甫汸，字子循，长洲（今江苏苏州）人。世宗时进士，历官工部郎中、南京吏部郎中，谪开州、处州（今浙江丽水）同知，升云南按察司佥事，后免官。与兄皇甫冲、涍、弟、濂都有文名，号"皇甫四杰"。生于孝宗弘治十年（1497年），死于神宗万历十年（1582年）。

题 解

乐府相和歌辞平调曲有《从军行》。这首诗是五言乐府诗，却多用对偶。杨用修即杨慎。这是皇甫汸在开州做同知时送杨慎入滇而作。

注 释

〔思文际圣君二句〕《诗·周颂·思文》："思文后稷。"后稷，周朝的祖先，播植百谷，有大功。周公思念他。圣君，指明朝的皇帝。际，遭逢。稽古，考古。萃，会聚。辟，音璧。群辟，犹百辟，诸侯群臣。两句的意思是遭逢圣君，文德修明，人才济济。

〔子云侍承明二句〕子云，西汉扬雄字。成帝时王根荐雄文似司马相如，召雄待诏承明之庭。承明庐在石渠阁外，汉侍臣所居的地方。杨慎在武宗时为翰林修撰，世宗时充经筵讲官，所以拿扬雄的文才相比。胡为，为什么。去，这里作往字讲。荒域，指云南。下句出之问语，暗说杨慎廷谏触怒世宗和谗臣毁谤他的事。

〔被命事犀渠〕被命，受命。犀渠，犀牛一类的兽。《山海经》说是要食人。滇南盛产。事，从事。事犀渠，就是说与犀渠为伍。

〔差胜下蚕室〕差胜，较胜。下蚕室，指西汉司马迁受腐刑。蚕室，受腐刑人所居温密的屋子。

〔愤志酬八书〕司马迁作《史记》，其中有"八书"，这里用以代表《史记》。酬，偿愿。这句比喻杨慎著书。

〔荣名重三策〕董仲舒上天人三策。这里说杨慎上疏名重如董仲舒。

〔丁年子卿嗟〕西汉苏武字子卿，"丁年（丁壮之年）奉使，皓首（白头）而归"。嗟，叹声。

〔皓首仲升泣〕东汉班超字仲升，在西域三十一年，年老思乡，上疏求归，有"常恐年衰，奄忽僵仆，孤魂弃捐"等语。其妹班昭也代请求，后得归洛阳。两句写杨慎远戍。

〔看鸢穷瘴烟二句〕东汉马援带兵到交趾去，在浪泊西里间，下潦上雾，毒气重蒸，仰见飞鸢跕跕堕水中。瘴烟即瘴毒。这里写云南戍所。"放鸡"见前黄峨《寄外》诗注。

〔**业既违操觚二句**〕杨慎本为翰林修撰、经筵讲官，理应操觚（持木简作书），而现在却违本业了。觚音孤。马援说："男儿要当死于边野，以马革裹尸还葬耳。"勋，功勋。期，望。下句说戍边。

〔**五月行渡泸二句**〕上句就杨慎南行说。《升庵外集》卷三《渡泸辩》："今之金沙江……一在姚安之左却，据《沉黎志》，孔明所渡当是今之左却也。"按：泸水，即雅砻江，入金沙江，其地即今攀枝花市北。参前《宿金沙江》诗题解及"瘴海"注。下句就作者自己说，巴国指开州。

〔**泸水向东流二句**〕上句仍说杨慎所往，下句说作者自己，水流云驰，说时间过去就分别了。匿，藏匿，驰去。

〔**相思持寸心**〕心，方寸之地，所以叫寸心。持寸心，犹奉寸心，表示竭诚之意。

〔**愿附双飞翼**〕愿随南飞鸟翼以奉献己心。

送皇甫别驾往开州

李攀龙

衔杯昨日夏云过,愁向燕山送玉珂。
吴下诗名诸弟少,天涯宦迹左迁多。
人家夜雨黎阳树,客渡秋风瓠子河。
自有吕虔刀可赠,开州别驾岂蹉跎。

‖ 作者简介 ‖

李攀龙，字于鳞，号沧溟，历城（今山东济南）人。生于武宗正德九年（1514年）。世宗时进士，授刑部主事，历员外郎、郎中，出知顺德府，升任陕西提学副使，后为浙江副使，迁参政，拜河南按察使。穆宗隆庆四年（1570年）病死。以能诗著名，尤长于七言律诗和七言绝句，与王世贞、谢榛等为明朝"后七子"。

‖ 题　解 ‖

别驾，汉朝官名。为州刺史的佐吏，刺史行部，别乘传车从行，这里指明朝的同知。皇甫别驾即皇甫汸，当时谪官开州同知，见前篇作者简介。这是李攀龙送皇甫汸到蜀中去的诗。

‖ 注　释 ‖

〔衔杯昨日夏云过〕衔杯，含杯，指饮酒。昨日夏云过，说夏季昨日已完，今为秋初。过，读平声。

〔愁向燕山送玉珂〕燕山，在河北蓟县东南。这里指北京，送别的地方。玉珂，马勒饰，代称行者。

〔吴下诗名诸弟少〕王世贞《艺苑卮言》说："太原

(称皇甫冲等原籍）兄弟并擅菁华……吴中一时之秀，海内寡俦。"钱谦益《列朝诗集小传》特举皇甫冲之弟涍、汸，说"二甫之于吾吴，可谓杰然者矣"。涍早死，而汸寿高，汸诗名为最，所以说"诸弟少"，说诸弟中所少有。这句和下句句法略似《诗词若干首》中杜甫《野望》诗的"海内风尘诸弟隔，天涯涕泪一身遥"。

〔天涯宦迹左迁多〕古代官职尊右卑左，所以贬官叫"左迁"。这句说蜀中僻远，官于其地的多为贬谪而往。

〔人家夜雨黎阳树二句〕黎阳津，在今河南滑县北。瓠子河，在今河南濮阳南。两句写行途之景。

〔自有吕虔刀可赠〕吕虔，三国魏徐州刺史，请王祥为别驾，州事尽委托王祥办理，当世称赞他能任贤。吕虔有佩刀，相者以为佩它可登三公位，他赠给王祥。后祥拜司空，转太尉，加侍中。这是封建迷信的说法，李攀龙用这个典故，是安慰皇甫汸不要为贬谪悲伤。

〔蹉跎〕失时。

送谢武选少安犒师固原因还蜀会兄葬

谢榛

天书早下促星轺,二月关河冻欲销。
白首应怜班定远,黄金先赐霍嫖姚。
秦云晓渡三川水,蜀道春通万里桥。
一对郫筒肠欲断,鹡鸰原上草萧萧。

作者简介

谢榛,字茂秦,自称四溟山人。山东临清人。孝宗弘治八年(1495年)生。青年时即以歌诗闻名,世宗时游长安,又到北京与李攀龙、王世贞等结社,谢榛为"后七子"第一。其诗声律圆稳,功力深厚,神宗万历三年(1575年)死。谢榛终身不仕。除诗歌外有《四溟诗话》传世。

题 解

明朝兵部设武选、职方等司,各郎中一人、员外郎一人。时谢少安任兵部武选司职。少安名东山,四川射洪人。世宗时进士,历官贵州提学副使、右副都御史,巡抚山东。为人慷慨博学。犒师,犒赏军队。固原,今宁夏回族自治区固原市。因还蜀会兄葬,乘犒师之便回四川参加哥哥的葬礼。全诗是按题意逐层写去,前半固原犒师,后半还蜀会葬。

注 释

〔天书早下促星轺〕天书,皇帝的诏书。皇帝的使者叫星使。使者所乘的车子叫星轺。轺,音遥。促,催促。

〔二月关河冻欲销〕仲春天候转暖冻解。

〔白首应怜班定远〕东汉班超封定远侯,在西域三十余年,年七十一才回朝廷。这句说谢东山到固原去犒师,应怜老将如班超的,奏请召归。

〔黄金先赐霍嫖姚〕西汉霍去病为嫖姚校尉,斩首捕虏二千余级,封冠军侯。这句说应先赏有战功的武将如霍去病的。嫖姚,音飘摇。

〔秦云晓渡三川水〕秦,陕西地。唐朝以剑南东西和山南西道为三川。三川水,指陕南、四川之地的河流。

〔蜀道春通万里桥〕万里桥,见前杜甫《野望》诗注。这句说蜀道虽艰,但春日乘车,可直到成都。

〔一对郫筒肠欲断二句〕郫筒,郫县用大竹为筒盛酒,称郫筒酒。一对故乡之酒,不能斟饮,肠断因兄死去。《诗·小雅·常棣》:"脊令在原,兄弟急难。"脊令,音即零,同鹡鸰。水鸟到原上,飞鸣求其类,如兄弟之于急难。说谢东山的哀悼于兄。草萧萧,草因风吹摇动。写墓原的景物。

巴女词

谢 遴

巴川积水极岷峨,巴女明妆艳绮罗。
为语秋江风浪急,断肠休唱木兰歌。

作者简介

谢遴，字汇先，宜兴人，思宗时举人。遴音邻。

题 解

这首七言绝句，是模仿竹枝词作的。明朝巴州在今四川巴中市。

注 释

〔巴川积水极岷峨〕巴水上游有东西二河，东河一名宕水，源出陕西镇巴西北大巴山，西河一名诺水，源出陕西南郑南米仓山，入四川后合流，至巴中东南，汇南江水为巴江。南流为渠江，与嘉陵江合流入长江。又嘉陵江也叫巴水。周时巴子国在今重庆市。"积水"说支流汇聚。极岷峨，远通岷峨。岷峨是四川的名山，用以泛指蜀中大山，这里实际上是说的大巴山。

〔巴女明妆艳绮罗〕巴女，巴川上的女子。明妆，明丽的妆饰。绮罗，绫罗。绮音起。

〔断肠休唱木兰歌〕木兰，落叶乔木，开紫色花，俗称紫玉兰。古代传说鲁班刻木兰为舟。木兰花，词牌名，唐朝教坊曲名。大体是七言八句中，或一句六字，或前后阕各一句六字，与"玉楼春"微有不同。其后又有"减字木兰花"，则前后阕各一句减去三字。词的内容多谈离情和感叹流光易逝，等等。休唱，不要唱。

朝天峡

费 密

一过朝天峡,巴山断入秦。
大江流汉水,孤艇接残春。
暮色愁过客,风光惑榜人。
明年在何处?杯酒慰艰辛。

作者简介

费密,字此度,四川成都人。明熹宗天启三年(1623年)生。农民起义爆发后,弃官为道士,逃至扬州。他能诗,为王士禛所称重。清圣祖康熙三十八年(1699年)死。

题 解

朝天关,在四川广元市北朝天岭上,山高路险,关下为峡,岸各百丈,左右屹立,江流其中,为入蜀第一扼塞。

注 释

〔**大江流汉水**〕汉水源出陕西宁强县北嶓冢山。这句语出自然,不觉江、水的犯复。

〔**孤艇接残春**〕孤艇,孤舟。一二人所乘小舟叫艇。接残春,迎受暮春的景物。沈德潜《明诗别裁》说这两句是十字成句。都是不经意间写出来的。

〔**过客**〕行人。过音戈,与首句作去声读简的不同。

〔**风光惑榜人**〕榜人,船夫。榜为舫的假借字。说风光很美,使船夫迷惑,以映衬上句过客的哀愁。

汉昭烈

吴　骐

名儒卢郑久周旋，正值黄星受命年。
龙种已移三统历，蚕丛还辟半隅天。
金瓯付托耕莘佐，玉几弥留顾命篇。
一代英雄生死际，铜台遗令最堪怜。

作者简介

吴骐,字日千,华亭(今江苏松江)人。明诸生,入清不仕。生于明光宗泰昌元年(1620年)。能诗词。死于清圣祖康熙三十四年(1695年)。

题 解

刘备死后谥为昭烈皇帝。这是一首咏史诗。

注 释

〔名儒卢郑久周旋〕东汉卢植、郑玄从学于扶风马融,为当时名儒。刘备15岁时,从本地(涿郡涿县)卢植学。后率兵归徐州牧陶谦,陶谦对郑玄待以师友之礼,刘备也必与郑玄相接触。周旋,应接。

〔正值黄星受命年〕东汉桓帝时有黄星见于楚宋之分,辽东人殷馗善天文,说五十年后当有真人(指新皇帝)起于梁沛之间,到建安五年(200年)曹操破袁绍,无敌于天下。曹操,沛国谯人。受命,受天命。就曹操的儿子曹丕即帝位说。这是封建帝王所伪造的即位根据。值,当。

〔龙种已移三统历〕《史记·高祖本纪》:"其先刘媪尝

息大泽之陂，梦与神遇……太公往视，则见蛟龙于其上，已而有身，遂产高祖。高祖为人，隆准而龙颜。"以后汉朝皇帝都算龙种，这当然是愚弄百姓的。西汉末年，刘歆考定律历，著《三统历谱》。按汉初用秦历，凡102年（前206年起），至武帝太初元年（前104年）始改正朔用太初历，是邓平、落下闳等所造律历，实即刘歆所说三统历。又189年，东汉章帝元和二年（85年），改用四分历，实也因太初法而定。现在说三统历已移，就是说汉运告终。

〔蚕丛还辟半隅天〕蚕丛，古蜀王，见前李白《蜀道难》诗注。辟，开辟。用传说盘古开天辟地语。半隅天，犹言半壁河山。

〔金瓯付托耕莘佐〕金瓯，比喻国家巩固。瓯，音欧，盆盂。商朝贤相伊尹，曾耕于有莘氏之野。这里指刘备将国家交给诸葛亮去治理。

〔玉几弥留顾命篇〕几，凭几。几长五尺，广二尺，高一尺二寸。《周书·顾命》：周成王临终，叫康王命召公、毕公率诸侯辅相康王，史官叙其事作顾命篇（临终回顾而语）。文首说成王凭玉几发大命，命词自说他"病日臻（至），既弥留"，弥留是说病久留于身而不愈。这句说刘备死于白帝城，病临久终前嘱诸葛亮辅佐后主或自即位，既以国事为重而又豁达坦率。

〔一代英雄生死际〕刘备从前为吕布所败,归曹操,程昱劝曹操杀刘备,曹操说:"方今收英雄时也,杀一人而失天下之心,不可。"曹操以刘备为豫州牧,助攻吕布,生擒之。刘备从曹操还许(今许昌),受献帝密诏诛曹操。曹操对刘备说:"今天下英雄,惟使君(称刘备)与操耳。"生死际,指临终时,这句兼挽上下,将二人作一比较。

〔铜台遗令最堪怜〕据《邺都故事》,曹操遗命他的儿子说:"吾死后葬于邺之西岗上,与西门豹祠相近,吾妾与伎人皆著铜雀台,台上施六尺床,下缌帐,朝晡上酒脯粮糗之属,每月朝十五,辄向帐前作伎,汝等时登台,望吾西陵墓田。"铜雀台在今河北临漳西南故邺城内西北隅。最堪怜,最可哀怜。沈德潜评语说:"足令老瞒(曹操小字阿瞒)魄(愧)死。"

邺 中

陈恭尹

山河百战鼎终分,叹息漳南日暮云。
乱世奸雄空复尔,一家辞赋最怜君。
铜台未散吹笙伎,石马先传出水文。
七十二坟秋草遍,更无人表汉将军。

‖ 作者简介 ‖

陈恭尹，字元孝，广州顺德人。明思宗崇祯四年（1631年）生。父邦彦南明末殉国时，恭尹年十余岁，后隐居不仕。自号罗浮布衣。能诗，与屈大均、梁佩兰称为岭南三家。清圣祖康熙三十九年（1700年）死。

‖ 题　解 ‖

邺县，冀州治所。汉献帝建安九年（204年），曹操大破袁绍幼子袁尚，攻拔邺县，自领冀州牧。至十五年，建铜雀台，十八年策命为魏公，在邺县建魏社稷宗庙，置尚书侍中六卿。二十五年病死，葬高陵，在邺县西岗上。邺中也称邺都。至曹丕即位繁阳（今临颍西北）后，才营建洛阳宫，迁都洛阳。这首是咏曹操的。

‖ 注　释 ‖

〔鼎终分〕终于鼎足三分。

〔叹息漳南日暮云〕古漳水由临漳东北流，清康熙年间才南徙，邺中本在漳水南，所以说"漳南"。日暮云，暗喻时世变化。

〔乱世奸雄空复尔〕许劭曾经说曹操是治世之能臣，乱世之奸雄。这句说乱世奸雄徒又如此，不得实现其一统心愿。

〔一家辞赋最怜君〕君称曹操，"一家"说曹操和他的儿子曹丕、曹植。辞赋为诗经风雅变体，即楚骚汉赋。三曹都能诗，曹丕、曹植兼作赋，而以曹操的乐府诗为最好，所以说最怜君。"怜"是爱惜，不同于上首"铜台遗令最堪怜"的哀怜，一者是褒，一者是贬。

〔铜台未散吹笙伎〕参上首《汉昭烈》诗注。说铜台伎人还在吹笙作乐，没有散去。

〔石马先传出水文〕《魏志·明帝纪》裴松之注引《魏氏春秋》：青龙三年张掖郡删丹县（今甘肃山丹）金山玄川溢涌，有石马七。其南有五字曰：上上三天王。又曰：述大金，大讨曹，金但取之。这些都是近于谶纬的。这句说司马氏将兴。

〔七十二坟秋草遍〕明朝陶宗仪《辍耕录》说：曹操筑疑冢七十二，在漳河上。恐不可信。秋草遍，秋草遍布。

〔更无人表汉将军〕建安元年（196年），汉献帝拜曹操为建德将军，迁镇东将军，都许后为大将军，让与袁绍后，拜司空，行车骑将军。这句说疑冢多了，再没有人来立碑表识。沈德潜《明诗别裁》对这诗的评语说："表扬才华，褫夺奸魄，最为定论。"

蜀 中

陈恭尹

子规啼罢客天涯,蜀道如天古所嗟。
诸葛威灵存八阵,汉朝终始在三巴。
通牛峡路连云栈,如马瞿唐走浪花。
拟酹昔贤鱼水地,海棠开遍野人家。

题　解

这里的蜀中犹如上首的郏中，上首说的郏都中，这里说的蜀国中，所以北道东峡都写到。

注　释

〔**子规啼罢客天涯**〕子规见前李白《蜀道难》诗注。王勃《杜少府之任蜀州》诗："天涯若比邻。"蜀地僻远，所以称为天涯。

〔**蜀道如天古所嗟**〕李白《蜀道难》说："蜀道之难难于上青天，侧身西望长咨嗟。"这句天字与上句天涯的天字重复。

〔**诸葛威灵存八阵**〕蜀有两八阵图，一在夔州（今奉节县），一在新都弥牟镇（今成都青白江）。威灵，神威。意思说八阵至今尚存，即诸葛神威犹在。

〔**汉朝终始在三巴**〕项羽封刘邦为汉中王，王巴蜀，这是始；蜀汉后主刘禅降魏，这是终。三巴见前杨基《长江万里图》诗注。

〔**通牛峡路连云栈**〕通牛路，指石牛道，也叫金牛道。在四川剑阁西北小剑山。有小石门，穿山通道长六丈余。传说秦惠王伐蜀，做石牛五头，假说石牛便金，蜀王遣派五丁壮士迎石牛入蜀成道。连云栈在陕西褒城北。这里是泛指栈道。

〔**如马瞿唐走浪花**〕乐府《瞿唐谣》："滟滪大如马，瞿唐不可下。"

〔**拟酹昔贤鱼水地**〕刘备三顾诸葛亮，亮作隆中对，以后二人情好日密，关羽、张飞不高兴，刘备说："孤之有孔明（诸葛亮字），犹鱼之有水也。"这里说的鱼水地是指蜀中共同创业之地，不是说的南阳初见之处。酹，音累，用酒浇地祭神。昔贤，从前的贤人，称诸葛亮，这句在怀念诸葛。

〔**海棠开遍野人家**〕成都盛产海棠花，古代人家都种植。野人指平民。

题明妃出塞图

黄幼藻

天外边风扑面沙,举头何处是中华?
早知身被丹青误,但嫁巫山百姓家。

作者简介

黄幼藻,字汉荐,福建莆田人。苏州府通判黄议的女儿。学于方泰,年十三四岁,即工声律,通经史,所著有《柳絮编》。

题 解

见前杜甫《咏怀古迹五首》第三首注。这一作黄潜(字仲昭)诗。

注 释

〔天外边风扑面沙〕天外,言其辽远。边,边地,指胡地。风吹沙砾,扑面而来。

〔中华〕指汉朝。中,居四方之中,如称中原。华,文明的意思,如称华夏。

〔早知身被丹青误〕见前杜甫《咏怀古迹五首》第三首注。丹青,丹砂和青䕫,绘画所用的颜料,因称图画为丹青。

〔但嫁巫山百姓家〕但,只要。昭君生长秭归县,地近巫山。